ばけもの好む中将 九

真夏の夜の夢まぼろし

瀬川貴次

集英社文庫

目次

夏衣つづれ織り　11
真夏の夜の夢まぼろし　115

これまでのあらすじ

十二人の姉がいる以外は、ごく平凡な中流貴族の宗孝。御所に物の怪が出たという噂を確かめに行ったところで、怪異を愛する変人の名門貴族・宣能に出会い、彼と共に物の怪の正体を追うことに。

結局、人の仕業とわかって落胆する宣能だったが、なぜか彼に気に入られてしまった宗孝は、それ以降も〈ばけもの好む中将〉宣能の不思議めぐりに付き合わされることになる。

都で起きる怪異を追う二人は、様々な身分の宗孝の姉たちや宣能の妹・初草も巻きこんだ事件にたびたび遭遇する。

宣能は嫌っている父・右大臣に弱みを握られ、鬱憤がたまる日々。父の手先として暗躍する多情丸が乳母の仇だと知り、復讐の機会をうかがう。一方、神出鬼没な宗孝の十の姉も多情丸の一味と関係があるようで……。

人物相関図

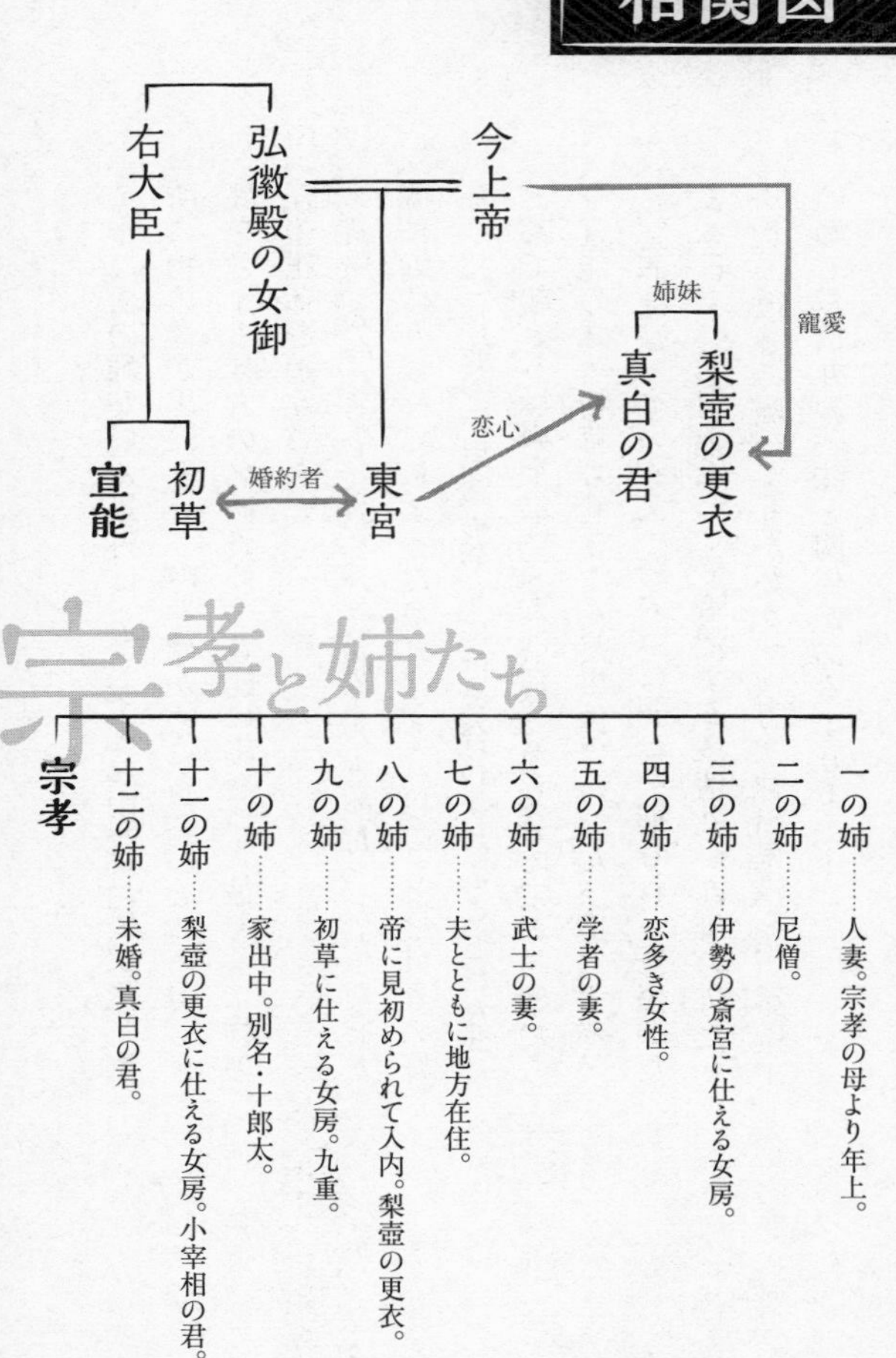

右大臣
弘徽殿の女御
今上帝
寵愛
姉妹
梨壺の更衣
真白の君
恋心
東宮
婚約者
初草
宣能
宗孝と姉たち
宗孝
一の姉……人妻。宗孝の母より年上。
二の姉……尼僧。
三の姉……伊勢の斎宮に仕える女房。
四の姉……恋多き女性。
五の姉……学者の妻。
六の姉……武士の妻。
七の姉……夫とともに地方在住。
八の姉……帝に見初められて入内。梨壺の更衣。
九の姉……初草に仕える女房。九重。
十の姉……家出中。別名・十郎太。
十一の姉……梨壺の更衣に仕える女房。小宰相の君。
十二の姉……未婚。真白の君。

登場人物紹介

左近衛中将宣能（さこのえのちゅうじょうのぶよし）

右大臣の嫡男。眉目秀麗で家柄も良く将来有望な貴公子なのに、怪異を愛しすぎている〈ばけもの好む中将〉。

右兵衛佐宗孝（うひょうえのすけむねたか）

中流貴族の青年。十二人の姉がいる。宣能になぜか気に入られ、ともに怪異めぐりをしている。

右大臣（うだいじん）

宣能と初草の父。冷酷。

初草（はつくさ）

宣能の異母妹で、共感覚（シナスタジア）を持つ少女。未来の東宮妃だが、東宮が苦手。

真白（ましろ）

宗孝の十二番目の姉。自分を慕う春若の正体が東宮であることを知らない。

東宮（とうぐう）

別名・春若。真白が好き。

弘徽殿の女御（こきでんのにょうご）

東宮の生母。気性が激しい。

ばけもの好む中将　九

真夏の夜の夢まぼろし

夏衣つづれ織り

第一帖

蟬の喧しい合唱が青空に響いている。じりじりと照りつける夏の陽射しを受けて、道の遥かむこうには陽炎が揺らめく。

宰相の中将たる雅平は、そんな真夏の光景を牛車の中から眺めていた。

車の前面と後面に取り付けてある御簾は、両方とも上まで巻きあげられ、車内には風が吹きこんでくる。強い陽射しも、屋根がさえぎってくれている。なのに、この暑さとは――と、雅平は辟易しつつ、紙扇を揺らす。

平安の都は盆地ゆえに、夏は暑く、冬は寒い。今年の夏は暑さがことのほか厳しいようだ。

車を曳く牛に、それを世話する牛飼い童、徒歩で付き従っている従者たちは、陽射しを直接、身に浴びている。当然、汗だくで、見るからにきつそうだ。

「おまえたちもつらくはないか。少し休もうか」

雅平が声をかけると、従者のひとりが嬉しそうな顔をして振り返った。

「よろしいのですか」

「ああ。この暑さでは帰り着くまで身が保つまい」

雅平たちは寺社詣での帰り道だった。病にかかった母親が無事に本復を遂げたので、その御礼参りとして、病みあがりの母に代わって写経を洛北の寺に納めてきたのだ。

聖人君子とはとても言えない雅平でも、親想いという美点はあった。寺社詣でにも自ら進んで向かったのだが……、これほど蒸し暑くなるとわかっていたら出かけはしなかったなと、後悔しているのが本当のところだ。

涼しい木陰でもないかと周囲を見廻す雅平の目に、茅葺き屋根の小さな庵が留まった。木立のむこう、檜垣に囲まれ、まるで人目を憚るようにひっそりと建っている。壁に這う緑の中には、昼顔の花がぽつりぽつりと咲いている。漏斗状の花びらは薄紅色だが、その色は淡すぎて遠目には白にも見えた。

「ちょうどいい。あの庵で休ませてはもらえぬか、聞いてみておくれ」

さっそく従者が庵に走り、しばらくして戻ってきた。

「女人ばかりの尼寺だそうで、大したおもてなしはできそうもありませんと恥じらっておいでした」

「そうか、そうか。女人ばかりの尼寺であるか」

「対応に出た庵主らしき尼御前は、三十路に少し入ったほどの、なかなかの美形で」

「そうか、そうか。なかなかの美形か」
うんうんと、雅平は何度もうなずいた。表情を消し、さして関心のない様子を装ってはいるものの――実際は、彼の中で好奇心がむくむくと、夏の雲のごとく湧き起こっていた。

雅平は自他ともに認める女好きだ。

近衛（このえ）中将という、朝廷の花形的な役職に就く彼は、上流貴族の家の出であり、加えて華やかな顔立ちをしていた。明るく社交的で、宮廷女房からも評判がいい。当然、恋の噂（うわさ）も絶えない。

それ自体は、なんら非難されることではなかった。この時代、色恋沙汰に通じているのは貴族間において美徳でさえあったのだ。ただし、雅平の場合、少々度が過ぎていた。

「あー。女人ばかりの家とはいえ、すでに世を捨てた尼であるのなら、何も障りはあるまいに。こちらもちょうど寺社からの帰り道。御仏（みほとけ）に仕える尼御前に、一杯の水を所望したいだけだと、そう伝えておくれ」

はっ、と畏（かしこ）まって、従者は再び庵に走り、尼御前の了承をとりつけて戻ってきた。

雅平は笑みをたたえて、満足げにうなずいた。そこまでは順調であった。

さっそく、牛車からの乗り降りの際に使用する、踏み台が用意された。

雅平は牛車から身を乗り出し、その足を台の上に置いた。次の瞬間、膝がぐにゃりと曲がった。えっと思ったときにはもう、彼の身体は大きく傾いで、地面にどさりと倒れこんでいた。

「ちゅ、中将さま!」

あわてふためく従者たちの声が聞こえる。大丈夫だ、案じるな、と言おうとするのだが、舌が廻らない。口の中には砂の味が広がる。真昼にもかかわらず、目の前が急速に暗くなっていく。

(ああ、これは……)

まずいなと思いつつ、雅平は意識を失ってしまった。

失神していたのはどれくらいの間だったろうか。最初に雅平が知覚したのは香り——夏の香として知られる、さやかな荷葉の香りだった。

(ふむふむ。悪くない香りだ。これはきっと、風雅を愛する絶世の美女が薫いたものに違いあるまい……)

そうであったらいいなとの願望をこめて、雅平は幸せな夢想をする。妄想の水底にもっとひたっていたくもあったが、彼の意識は自然に現の世へと浮上していく。

うっすらと目をあける。ぼやけた視界に、こちらを覗きこむ人影が映りこむ。自分を心配してくれる従者の誰かかなと最初、雅平は思った。だが、違った。

人影は女人——髪を肩の少し下あたりで切りそろえ、青鈍色(青みのある灰色)の衣をまとった、三十代ほどの尼僧であった。

この時代、床につくほど長く豊かな黒髪が、美人の条件としてよくあげられる。髪を肩のあたりで切りそろえるのは、尼削ぎと呼ばれる通り、尼僧の髪型であり、平安の美の基準からは逸脱している。であるのに、雅平を覗きこむ彼女は美しかった。

短いながらもその黒髪はつややかで、化粧気のない肌は透き通るように白い。しかも、密な睫毛に縁取られた双眸が妙に艶めかしい。薄い朱唇に浮かぶ意味ありげな微笑は、婀娜っぽいと称してもいいほどだ。

「よかった。お目醒めになられましたのね」

にっこりと微笑んだ尼僧は、傍らにいた年配の尼に声をかけた。

「お水を持ってきてちょうだい」

はいはいと応えて、年配の尼がよっこらしょと腰を上げる。こちらは肩までの髪に白いものが多く交じり、容貌のほうも特筆すべき点はない。雅平の視線はすぐに三十路の尼へと戻り、そこに固定されてしまった。

年配の尼が水を満たした椀を運んできた。三十路の尼がそれを受け取り、雅平に訊く。

「起きあがれますか？」

「あ、ああ」

釣りこまれるように雅平は半身を起こし、尼が差し出す椀を受け取った。

一瞬、ふたりの指先が触れ合う。尼の目にいたずらっぽい光が差したように見えたのは、気のせいか、ただの願望か。

雅平はらしくもなく、まるで初心(うぶ)な少年のようにどきりとした。

（もしかして、この尼御前はわたしに気があるのか……）

そんなことを思いながら、椀の水を口に運ぶ。雑味のない、冷えた水が雅平の渇いた喉を潤していく。彼はたちまち椀の中身を飲み干した。

「もう一杯、いただけないだろうか」

「はいはい」

尼御前は小さな男児に相対しているかのごとく応えつつ、椀を受け取った。今度は、指は触れ合わない。冷水を満たした椀が再び手渡されたときも。雅平はとても残念に思いながら、二杯目の水をゆっくりと味わった。

水の冷たさが身体を巡る。汗が噴き出し、それといっしょに気だるさも抜けていく。まだ少し頭痛がするが、気分はだいぶましになった。

「わたしは……気を失っていたようですね」

「ええ。牛車を降りようとして、そのまま倒れられたのですよ。きっと、この暑さのせいですわね」

「暑気にあてられ気を失うなど、実にみっともない話で……」

「いいえ、そのようなことはありませんわ。目を醒まされて本当によかったですわ」

しっとりとした声に慰撫されて、雅平は陶然とした心地を味わった。みっともない姿をさらしたことで、この美しき尼僧から同情してもらえているのだと考えると、自分はとても幸運な男だったのだなと思えてくる。

「このような小さな尼寺ではなんのお構いもできませんが、陽射しがもう少しやわらぐまで、どうぞゆるりと休んでいかれませ」

「では、お言葉に甘えて」

雅平は声を少し低めに調節し、顔も最も自信のある角度を尼御前へと向ける。さながら、美しい緑の羽根を意中の雌に存分に見せびらかす雄の孔雀のように。

意図が通じたのか、尼御前はくすくすと笑った。これは脈があるぞと確信し、雅平は袖の中でぐっと拳を握りしめた。


帝の住まう内裏の三方を取り巻く官庁街は、大内裏と呼ばれ、多くの庁舎が建ち並んでいる。

陽が落ちて幾分涼しくなった宵の刻、右兵衛佐宗孝はその大内裏の東側、左近衛府へと向かっていた。左近衛中将宣能を迎えに行く約束をしていたのだ。

近衛中将といえば帝のそば近くに仕え、宮廷行事においては歌舞音曲を務める朝廷の花形。有力貴族の子弟が栄達の過程として、その任に当たる。宣能も現右大臣の嫡男であり、いずれは父と同様、政治の中核に身を置くのは確実とされている存在だ。

それにひきかえ、宗孝の立場は不安定なものだった。父親は権大納言とはいえ、齢はすでに七十過ぎ。いつ引退してもおかしくない。異母姉が帝の妃として寵愛を得、皇女をひとり儲けているものの、更衣というその身分はけして高いものではない。仮にこの先、姉が男児を儲けたとしても、すでに別の妃腹の皇子が東宮（皇太子）の地位に就いているため、将来はどうなるかわからない。

だからこそ、いまのうちから、家柄のいい宣能にしっかりおもねっておくようにと、宗孝は他の姉――彼には十二人の異母姉がいる――から強く言い渡されていた。当人にも、保身だの出世だのといった欲がまったくないわけではなかったが……。

いまでは、宣能や彼の妹の初草とともにいることが、宗孝にとっても純粋な楽しみとなっていた。ただひとつの困った点をのぞいて。

宣能はとにかく、怪異が大好きなのである。

この時代の貴族ならば、陰陽師に吉凶を占ってもらい、鬼やら魑魅魍魎やらとの遭遇を極力、避けようとするのが普通だ。しかし、宣能は自ら怪異との出逢いを求め、東へ西へと奔走する。おかげでついた渾名が〈ばけもの好む中将〉だった。

ただし、いまだ本物の怪異にはめぐり逢えていない。大抵はひとの仕業、あるいは自然の現象、見間違いなどだった。

それでも、宣能は愛してやまぬ恋人を追い求めるように、怪異を探し歩く。

宗孝としては、怪異と遭遇など絶対にしたくなかった。しかし、宣能の機嫌とりのためにも、誘われれば同行しないわけにはいかない。これが普通の花見だの、月見だのだったらどれだけいいかと心中でぼやきつつ、今宵も宣能の迎えに近衛府へと向かう。

「中将さまはおいでかな？」

近衛府の前でつかまえた近衛の官人に問うと、

「さて、中将さまと申しますと、どちらの中将さまでございましょう」

と、逆に問い返されてしまった。

近衛中将は、時代によっても異なるが通常は定員四名。右近衛と左近衛に各二名ずつおり、宣能は左近衛中将だ。

「さこ……」

宗孝が言いかけると、

「もっとも、今宵は珍しく四名そろっておいでですが」

官人はそう言って、宗孝を近衛府の中へ通してくれた。

（四人がお揃いなのか……）

教えてもらった部屋に向かいつつ、宗孝は自分が緊張するのを感じていた。

宣能以外の中将とも、幾度か顔合わせはしている。それでも、四人勢揃いの場に顔出しするのは少々気がひけた。何しろ、いずれもが上流貴族の子息。家柄だけでなく、容姿においても優れた綺羅綺羅しい貴公子ばかりなのだから。

（まあ、迎えに来いと言われたんだから仕方がない――）

そう自分に言い聞かせて足を進める。件の部屋の前まで到着し、いざ声をかけようとして、宗孝は中から聞こえてきた声に耳を留めた。

「質素な庵にてひっそりと日々を送る、三十路の妖艶な尼御前か……。なるほど、雅平らしい話だな」

笑いを含んだ魅惑的な低音は、もはや聞き慣れた宣能の声だ。ただでさえ色つやのある声で「三十路の妖艶な尼御前」などと言われ、宗孝はドキリとしてしまった。

（な、なんの話をしておられるのだ？）

歓談中の上つかたのお邪魔をしてはならない。そんな建前を掲げて宗孝は柱の陰に身をひそめて、耳をそばだてた。目も一所懸命に凝らして、室内の様子を窺う。

宵の涼風を招き入れるために、御簾は上げられ、蔀戸も大きくあけ放たれていた。加えて、数台の燈台が置かれ、中の様子は簀子縁からも丸見えだった。

四人の貴公子――〈ばけもの好む中将〉たる宣能に、蔵人の頭（長官）を兼任する頭の中将の繁成、参議（参議の別名が宰相）を兼任する宰相の中将の雅平と、優しげな風貌から〈癒しの君〉とも呼ばれる源中将有光――の表情も、よく見える。若く、気品ある公達たちは気軽な宿直装束に着替え、脇息にもたれかかって、楽しげに語らっていた。

話題としてあがっているのは、雅平の恋の話らしい。それ自体は珍しくない。雅平が在原業平ばりに恋多き殿御であることは、宮中の誰もが知っている。

それでも、相手が尼僧となると話は違ってくる。

（御仏に仕える女人に手をお出しになるとは。宰相の中将さまは仏罰がおそろしくはないのだろうか）

どうやら、雅平もそれなりに葛藤はあったらしく、

「わたしも最初はためらったとも。相手は御仏に仕えるかただ。僧籍にある者はもちろん、身を清浄に保たなくてはならない。けれども、どうにも恋心を抑えようがないほど、かの尼御前は美しくも艶めかしくて。さながら吉祥天女の立像のごとくに……」

ほうっ、と雅平は悩ましげなため息をついた。

「それで文やら贈り物やらを送ってみたのだよ。色よい返事ももらえたので、これはますます脈ありと――」

「尼僧相手に脈ありと思ったのか」

あきれたように大声を発したのは、頭の中将の繁成だった。品行方正、真面目すぎるほど真面目な男で、そこを見込まれ、幼い東宮の御目付役にまでなっている。そんな彼に、仏道に仕える者に食指を動かす雅平の気持ちが理解できるはずもない。

「色よい返事というが、単に感謝の意を表したにすぎなかったのではないか？　それを雅平が手前勝手に解釈して……」

「いやいや。あれはただの謝意ではない。書かれていたのは月並みな謝礼の言葉でも、流れる文字の行間に、隠しても隠しようのない想いがあふれていたのだから」

宗孝はちらりと宣能に目をやった。

宣能の妹、初草には公にしていない不思議な能力があった。普通の墨文字に多彩な色がつき、自在に動いているように見えるのだ。

外界からの刺激を通常とは異なる形で認識する――たとえば、文字が立体的に見えたり、音に色を感じるといった現象を、千年のちの世では〈共感覚〉と称する。それは脳の機能に由縁するもので、精神の病ではなく、知能とも関連がない。

初草はさらに、文字の色と動きから、書き手の性別や心情といったものまで読み取ることができた。ただし、いいことばかりではない。色や動きに邪魔されて、読み書き自体はできない〈識字障害〉まで背負っていたのである。

雅平の台詞から、宗孝は初草のことを思い出した。が、初草の兄の宣能に特に変化は見られなかった。尼僧の文から恋心を読み取ったという雅平の主張も、いつもの大言壮語と聞き流しているふうだ。

「意を決して、再度、庵を訪ねたときなど、こう、とろけるようなまなざしで、わたしをじっとみつめ、文以上に深い感謝の言葉を述べてくれたのだぞ。尼御前も、きっとわたしを憎からず思ってくれている。ひとたびそう確信してしまうと、もはや恋の炎は抑えようもなく――」

大仰に声を震わせる雅平に、有光がうんうんとうなずいて理解を示した。

「わかるとも。障害が多いほど、恋の炎は熱く燃えあがる。触れてはならぬ禁断の相手ともなれば、なおさらだ」

「わかってくれるか、友よ」

雅平ががばりと有光に抱きついた。有光は慈愛の笑みを浮かべて、雅平の背中を軽く叩き、理解を示す。繁成は処置なしとばかりに首を横に振る。宣能はさほど関心もなさげに、静かに友人たちを見守っている。

いったん有光から離れて、雅平は話の続きを再開させた。

「そういうわけで、わたしは思い切って、尼御前の寝所へと忍んでいったのだよ」

「おお、ついに」有光は身を乗り出し、

「なんて罰当たりな」繁成は顔をしかめ、

「ふーん」宣能は適当に相槌（あいづち）を打った。

簀子縁にひそむ宗孝は、全身を耳にして、雅平の次の言葉を待った。長くは待たされなかった。

「暗闇の中に、荷葉のゆかしい香りが濃密に漂っていた。わたしはその香りを頼りに、一歩一歩、室内を進んでいった。そして、褥（しとね）に横たわるあのかたを、この腕に抱きしめたのだ。ところが――」

雅平は派手に身震いし、苦悩を全身で表した。

「あのかたはそこにはいなかった。荷葉を薫きしめた衣だけを残して、いずくかへと消え去っていたのだ。ああ、蟬の羽の夜の衣はうすけれど移り香濃くも匂ひぬるかな……」

蟬の羽のように薄い夜の衣に、香が濃く薫きしめてあったので、わたしの衣にもその香りが移っている。そういう意味の古歌を口ずさんで、雅平は身悶（みもだ）えた。

「それはつらいな」優しい有光は友人に同情的だったが、

「尼御前の判断は正しい」生真面目な繁成は尼の理性を褒め讃（たた）え、

「ふーん」宣能の相槌はやはり適当だった。

宗孝は残念なような、これでよかったのだと安堵（あんど）するような、宙ぶらりんな気持ちを嚙（か）みしめる。

「あのひとの本心はどこにあるのか。本当にわたしを厭うているのか。それとも、あの夜はたまたま寝所にいなかっただけなのか。あまりのことに心乱れて、尼御前の気持ちを確かめることもせずに逃げ帰ってしまった。そんなおのれが恨めしい。かといって、再びあの庵を訪れる勇気もわかず、いまに至っているわけだよ……」

雅平は未練たらたらに重いため息をつき、話をしめくくった。

「報われぬ恋ほど苦しいものはないな」有光は雅平に共感するも、

「どう考えても脈なし、だな」繁成は一刀両断に斬り捨てる。

「よっこいしょ」宣能は話が終わったと見て、腰を上げた。

「迎えが来てくれているので、わたしはもう行くよ」

自分のことだと気づき、宗孝はあわてて柱の陰から顔を出した。

「あの、中将さま」

宣能だけでなく、残りの中将たちもいっせいに宗孝を振り返る。四人分の注視を受け、宗孝はひるみつつ、頭を下げた。

「お迎えに参りました」

宣能は切れ長の目をさらに細めて優雅に微笑んだ。きみが顔を見せる前からそこにいることに気づいていたよ、と伝えるふうに。

「右兵衛佐がお迎えということは——また怪異探しか」

　あきれ気味に言う繁成に、「まあ、そういうことだな」と宣能は平静に受け流した。自分の嗜好が他者に受け容れられがたいものなのだと理解し、すでに達観しきっている。

　有光が問う。

「今宵はどこへ？」

「都の北東、比叡の御山に向かう道すじ近くの、何の変哲もない家屋だよ。長いこと住む者のなかったそこにいつの間にか物の怪が居ついたらしく、夜中に明かりが灯ったり、怪しい人影が垣間見えたりするらしい」

　宣能の説明を聞き、またそんな魔所に赴くのかと宗孝はおののいた。

「相変わらずだな」有光が微苦笑し、

「相変わらずだな」繁成が眉をひそめる。

「北東だと？」雅平は急に目をぱちくりさせた。

「比叡に向かう途中？　これからそこに向かうのか？」

「ああ。そう言ったはずだが、何か？」

「いま話した尼御前の庵は、その道すじにあるのだよ。そうか。これから、あちらに向かうのか……」

　雅平が考えこんでいた時間は短かった。彼は即決し、「よし。わたしも行くぞ」と勝手に宣言する。

「行くとは？　物の怪の住む空き家についてくるということかい？」

「まさか。とんでもない」

宣能の問いに、雅平は首を激しく横に振った。

「物の怪探しに付き合うつもりは毛頭ないとも。だが、『友人の供で近くまで来たものだから』と尼御前には言える。偽りではなく真実だ。ならば、この機を逃す手はあるまい」

逢いたいのに逢うのが気まずい尼のもとに行くため、ばけもの好きの友人まで使い倒すつもりなのだ。宣能と方向性はだいぶ違っているものの、興味の対象に傾ける情熱のほどは似通っている。

「まあ、途中まで同行したいというのなら止めないよ」

雅平の返事は早かった。

「よし。では行こう」

すっくと立ちあがって身支度を始める。その動きはきびきびとして、表情から憂いは完全に消え、肌つやまでもが増している。

宗孝にも異存はなかった。むしろ、連れが増えたほうが怖さが軽減される気がして、ありがたいくらいだ。

「いってらっしゃい。気をつけて」

有光は笑顔で友を送り出した。

「まったく、変わり者ぞろいで先が思いやられる」

繁成は渋い顔でぼやいていた。

さっそく、宗孝と宣能は雅平が提供してくれた牛車に乗って洛北へと向かった。

最初こそ、宗孝はいつもと違う相手が加わったことで少なからず緊張していたのだが、雅平が進んで語る恋の体験談を聞いているうちに、その緊張も自然とほぐれていった。

月が照らす道は明るく、雅平の恋愛遍歴はなかなかに興味深くて、夜への不安を忘れさせてくれる。いつもこんなふうであれば気楽なのにと、思わずにはいられない。

「宣能も、いい加減、怪異など追うのはやめて、恋の道に踏み惑うてみてはどうだ？恋はいいぞ、恋は」

雅平が勧めても、宣能は穏やかに微笑み、

「忠告、痛み入る。しかし、いまはそんな余裕もなくてね。昼は昼で公務に追われている。夜くらいは、おのが好むものを心ゆくまで愛(め)でていたい」

「その好むモノがなぁ」

雅平はからからと笑った。

好むものが、恋の道なら共感されて、ばけものならば変人扱いされる。が、宣能には他者の共感など必要ないらしく、ひたすら怪異を追い求め続ける。

そのお供が、なぜ自分なのだろうと、宗孝は胸の内でひっそりと問うてみた。もう幾度となくくり返してきた問いだ。答えとしては、「たまたま、そうなった」としか言いようがない。

従者すら同行を厭がるようになり、それでも、宣能はめげずに怪異探訪を続けていた。そこにたまたま居合わせたのが宗孝だったのだ。

怪異について、他者とああだこうだと語り合うことにより生じる新たな視点。何より、宗孝の反応の面白さ。そのあたりが宣能のお気に召したらしい。

宗孝にしてみれば、身分差もあって、とても逆らえなかったし、出世欲もないわけではなかったので、ついずるずると……。いまでは、誘われないとそれはそれで寂しいと思うまでになってしまった。

それに、経験を積み重ねていくうちに、怪異の裏にも、さまざまなひとの感情が隠れている場合が多いと気づいたのだ。結果、徒に怖がるのではなく、そのようなものに目を向ける努力も必要かと思い始めた。まだまだ恐怖を完全克服するところまでは至っていないが、いつの日か強い心を得て——

「さて。話に聞いていた空き家は、そろそろのはずだが」

宣能の言葉を聞くや、雅平はたちまち表情を曇らせた。

「そろそろなのか」

ここまで来ておきながら、それでも怪異とは距離をおいておきたくなるものらしい。その気持ちも宗孝には重々理解できた。

「思ったよりも尼御前の庵に近いのだな。やはり、このような寂しい場所にあのかたを住まわせておくのはよくないのでは……。そうとも、洛中のどこかに家を探して……」

自分が通いやすいよう、尼僧をもっと近くに住まわせようかと、勝手に夢を広げていく。たくましいなと、宗孝はあきれる以前に感心してしまった。宣能は雅平の恋の行方に関心はないらしく、

「うん、あれだな」

前面の御簾を掲げ、扇でびしりと行く手を指し示す。

「あれこそが、今宵の目的地。誰も住まうはずもないのに明かりが灯り、怪しい人影がよぎるとされた空き家だ。さてさて、どのような怪異が我々を待ち受けているのか。鬼神か、ひとの霊か、はたまた百年を経た付喪神(つくもがみ)か。考えただけでも心が滾(たぎ)ってくるではないか」

物の怪を想像して心を滾らせているのは、明らかに宣能だけであった。宗孝は身をすくめ、雅平もおびえつつ、おそるおそる視線を行く手に向ける。

次の瞬間、雅平がえっと声をあげた。

「あれなのか？　本当に？　何かの間違いではないのか？」

「いいや。このあたりにぽつんと建つ茅葺き屋根の庵だと聞いているから、間違いはない」

断言する宣能に、雅平は首を左右に振った。

「そんなはずはない。あの庵は、わたしの愛しい尼御前の住まう庵だ」

ええっと、宗孝も驚きの声をあげた。宣能は疑わしげに眉間に皺を寄せる。

「そちらのほうこそ、間違いではないのか？」

「ああ、間違いないとも。ほら、夜目にもわかるではないか、昼顔の花が。さすがにこの時刻ではしぼんでいるけれども――」

壁を覆う蔓の間に、白っぽいものがぽつぽつと見える。あれが昼顔の花らしい。

「昼顔など珍しくもない。いま時分、どこの軒先にも咲いているだろうに……」

理解を拒む宣能を押しのけて、雅平は牛車の後面から飛び降りた。べしゃりと地面に両手をついたが、すぐに立ちあがり、茅葺き屋根の庵へと駆けていく。その行動力に、宗孝はおおと感嘆の声をあげた。

「わたしたちも行きましょう」

宗孝も牛車から飛び降りる。しぶしぶながら宣能も続く。路上に牛車と牛飼い童を残して、宗孝と宣能は雅平を追った。

「尼御前！　尼御前！」

雅平は恋しい相手に呼びかけつつ、質素な檜垣を越えて庵の庭に踏みこんだ。しかし、庵から彼に応じる声はない。屋内には明かりだけでなく、ひとの気配もまったくなかった。

軒先の手前で雅平は小石に蹴躓き、また無様に倒れこんだ。

「あ、尼御前……」

その後は言葉にならず、雅平は無人の庵を呆然と見上げた。彼の目尻に浮いた涙の玉が、月の光をはじき返す。

「宰相の……」

中将さま、と声かけしようとした宗孝を、宣能がそっと押しとどめた。しばし無言のときが流れ、やがて雅平が庵をみつめたままで口を開く。

「この庵は——長いこと住む者がなく、物の怪が居ついていると言っていたな」

「ああ、そう聞いている」

「では、あのかたはもしや……」

続く言葉を、雅平はぐっと呑みこんだ。結んだ唇の震えが、認めまいとする彼の葛藤を表している。

宣能が雅平を庵の裏手へと誘った。起きあがり、ふらふらと歩き出した雅平のあとから、宗孝も慎重についていく。

庵の裏手は夏草が密に生い茂っていたが、地面の起伏を完全に覆い隠せるほどではなかった。草の間に誰かの墓と思しき土饅頭が見え、その上には墓標代わりの石が置かれていた。石には残念ながら、名も没年も刻まれてはいない。

「まさか、これは」

おののく雅平に、宣能はうなずき返した。

「数年前、この庵に住んでいた尼僧が、突然、病で身罷ったので、こちらに葬ったのだそうだ」

「数年前……」

「年は三十を少し出たくらい。やんごとなきかたの未亡人だったとも言われているが、詳しいことは誰も知らず、彼女の死を誰に伝えていいのかもわからず、仕方なくここに葬ったのだとか。それを境に同居していたほかの尼たちも散り散りになり、庵には誰もいなくなった――と、わたしは聞いている。それからしばらくは何事もなかったのに、今年に入ってから、庵に明かりが灯ったり、人影が見えたりするようになり、近隣に住む者たちは『きっと死んだ尼僧がいまだに迷っているのだ』と……」

「嘘だ」

いきなり雅平は怒鳴り、身を翻して庵の簀子縁に上がりこむと、閉ざされていた妻戸を体当たりして押し破った。ふわっと、草の香とは明らかに違う香りが宗孝の鼻孔を刺激した。同じ香りを雅平も感じたらしく、

「ほら、まだあのひとの香りが残っている。荷葉の香だ。あのひとは、数年前どころか、つい数日前までここにいたのだ」

高らかにそう宣言した。それに対し、宣能は非情に言い切る。

「だが、もういない」

もう少し優しい言いようはないものかと宗孝は気を揉んだが、宣能は平然と続けた。

「あの墓がきみにはっきりと教えているではないか。蟬の羽のごとき薄衣を残していった尼御前は、すでにこの世にはいない、空蟬の――蟬の抜け殻のごとき幽魂だったのだよ」

にわかには信じがたいことであるが、庵のいまの有りさまと土饅頭がその証拠となった。

雅平はうとうめくとその場に膝を折った。

「尼御前、あなたは……。だから、わたしの愛を拒んだのだね……」

そして、声をあげて泣き始める。まるで小さな童のように手放しで。

かける言葉もみつからず、宗孝ははらはらしながらただ見守るしかない。泣かせた当人の宣能は罪の意識も見せず、平静な面持ちで夏の夜風に吹かれていた。

泣き疲れた体の雅平を牛車に押しこめ、彼の邸まで送り届けてやったあと、宗孝と宣能は徒歩で帰路に就いた。

怪異探しのために出かける予定が雅平の恋の手伝いとなり、結果として怪異で終わった。こんなこともあるのかと、宗孝は我知らずため息をつく。

「疲れたかい？」

宣能に問われて、初めて自分がため息を洩らしていたことに気づき、宗孝はあわてた。

「あ、いえいえ、失礼いたしました」

「別に失礼ではないとも。泣く子のお守りは疲れるからね」

「泣く子……。泣かせたのは中将さまでしょうに」

言うつもりのなかった台詞までぽろりと口をついて出てしまい、宗孝はさらにあわてふためいた。

「こ、これは、重ね重ねご無礼を」

「無礼でもなんでもないとも。それに、わたしはちゃんと雅平の気持ちを考えて、余計なことは言わずにおいたよ」

「はい？　それはどういう意味ですか？」

なんのことやら、さっぱりわからずに問うと、宣能は瞳にいたずらっぽい光を宿して言った。

「あの荷葉の香り――使っている材料は悪いものではなかったが、調合はやや不慣れな感じがした」

「そんなことまでわかるのですか？」

「鼻は利くほうでね。雅平は尼御前に夢中になりすぎて、そのあたりの判定が甘くなっていたようだが」

やれやれ、と宣能は軽く肩をすくめた。

「荷葉とは蓮(はす)の葉を意味する。出家した女人が薫くにふさわしい香だ。しかし、雅平を魅了した尼御前は本当に尼だったのか？　わざとらしく荷葉を薫いて、尼らしく装っていたとは考えられないか？」

「装っていた？」

いきなりそう言われて、宗孝は大いに戸惑った。が、その一方で、ふと気づく。

雅平が想いを寄せていた尼僧はこの世の者ではなかった――となれば、怪異好きの宣能は大喜びして然(しか)るべきなのに、その気配がまるでない。ということは、

「尼御前は死者ではなく生きた人間で、宰相の中将さまは謀(たばか)られていたと、そうおっしゃるのですか？」

　ふふっと宣能は苦笑した。

「わたしだって、雅平が死者に恋をしたのだと思いたいとも。そのほうが美しいし」

「美しい……」

「死してなお、冥(くら)い恋路に迷う尼僧——美しい話じゃないか。そこで、彼女を堕落させようとした雅平に雷が直撃するとか、それくらい派手な仏罰があたってくれれば、なお楽しめるのだが」

「またそのようなことを。宰相の中将さまは長年の御友人ではありませんか」

「もちろんそうだが、雅平は少しくらい痛い目に遭って頭を冷やしたほうがいいと思う」

　意外に真っ当な意見が返ってきた。だからといって同調はできず、宗孝は「はあ……」と言葉を濁す。

　宣能は歩きながら頭上の月を仰ぎ見、独り言のように言った。

「すねに傷を持つ何者かがちょうどいい空き家をみつけ、一時ひそんでいた。そこに暑気あたりをした雅平がたまたま通りかかり、偽尼(にせあま)のほうも好き心を刺激されて戯れに彼を弄んでいたが、急に都合が悪くなって隠れ家を急ぎ引きはらった。理由はそうだな、偽尼には情人がいて、浮気がばれそうになったから――という読みはどうかな」

「情人がいたのですか。とんでもない尼僧ですね」

「気があるように見せて寸前で逃げた理由が、それぐらいしか思いつかなくてね。かくして、物の怪の仕業と思われていた、空き家に灯る明かりや人影は、生きた偽尼の為したことであったという非常につまらない話になるわけだが」

宗孝は頭を懸命に動かし、宣能の見立てを検分してみた。いちおう、筋は通っているように思えた。

「しかし、なぜそのように考えたのですか？」

「あの土饅頭はどう見ても、作られてから数年は経っている。なのに、庵に残っていた荷葉の香は真新しく、屋内はきれいだった。残り香の荷葉は、調合の具合がいまひとつ素人くさかった。なのに、使っている材料自体は悪くない。そんな具合に、ちぐはぐな印象がぬぐえなくてね」

「ちぐはぐ……ですか」

「そう。だから、財力はあれど教養はなく、身を隠す必要があるような後ろ暗い何者かがこの庵にいたのかなと考えたのだよ」

「それはまた、ずいぶんと怪しげな。夜盗の類いでありましょうか」

「まあ、そんな気がするというだけで、確かな証しがあるわけでもなし。心以外は盗られなかったのだから、雅平にはこのまま、美しき幽魂とうたかたの恋に溺れていたのだと思ってもらったほうがいいのだろうね」

ふうっと宣能はため息をついた。

「彼がうらやましいよ」

「うらやましい」

「幽鬼と浮き名を流すなど、したくてもできないことだからね。一方で、わたし自身の願いは叶う気配すらない——」

寂しげにつぶやく宣能の横顔には、こたびもまた愛しい怪異と遭遇できなかった失意がにじんでいた。そんな顔を見てしまえば、宗孝も彼を悪趣味だと責められなくなってしまう。

「……次は、きっと本物の怪異にめぐり逢えますよ」

なんの根拠もない上に、本当にそうなったら困るのは自分だと、宗孝にも重々わかっていた。それでも、そう言わずにはいられなかった。

ゆっくりと振り返った宣能の表情は、わずかながら、なごんでいるように見えた。

「きみは優しいな」

楽の音のごとき低音で改めてそう言われ、宗孝は途端に気恥ずかしくなった。

「いいえいいえ、滅相もございません」

「そんなに謙遜しなくとも。事実じゃないか」

「いえいえ、わたしは、わたしなどは……」

ふと記憶に甦ってきた、あるひとの言葉――それを告げたのも音楽的な低音の持ち主だった――が宗孝の口をついて出る。

「騙され、利用される顔だなどと言われたことこそあれ……」

「そんなひどいことを言われたのか」

「はい」

「誰に」

あなたのお父上にです、とは言いにくく、宗孝は目を泳がせた。

「……忘れてしまいました」

「そんなにひどいことを言われておいて忘れる？」

信じがたいとばかりに顔をしかめる宣能に、宗孝はあははと苦しげに笑ってみせるしかない。

「まあ、きみのそんなところも優しさゆえなのだろうね」

「いえ、ですから、そのような」

「いいから、黙って褒められていなさい」

「はあ……」

恐縮し、身をすくめる宗孝を、宣能は微笑ましげにみつめる。
夏の月は、そんなふたりの頭上で皓々(こうこう)と輝いていた。

第二帖

「――といったことがあったのだよ」

魅惑的な低音で、宣能は友人である雅平の恋の顚末を語り終えた。

宣能の妹、数えの十一歳の初草はその愛らしい口もとに袖を寄せ、笑いをこらえている。

「宰相の中将さまは相変わらずですわね」

兄妹と同席していた宗孝は、初草に同意して、うんうんと首を縦に振った。

三人がいるのは右大臣邸――宣能の実家だった。宣能のもとを宗孝が訪ね、宗孝の来訪を知った初草が、喜んでそこに加わってきたのだ。

初草は、東宮の妃になることがすでに約束されている姫君である。本来ならば、宗孝など初草に近づくのも難しいはずなのだが、宣能は彼を妹の安全な話し相手と位置づけていた。初草も宗孝を気に入って、自分では読めない物語の朗読をせがむことがしばしばだった。

「尼僧に恋をするとは雅平らしいと、わたしも思ったよ。色恋の前には仏罰もおそれるに足らぬらしい。むしろ、少しくらい罰が当たればいいのに」

「まあ、お兄さまったら」

妹に軽く睨みつけられても、宣能は気にせず笑っている。切れ長の目に長い睫毛がかかって、絵巻物に登場する公達さながらの優美さだ。なのに、その口からは穏やかならぬ発言が続いた。

「愛欲にふける者は地獄に堕ちるというが、なかでも尼僧と罪を犯した者は大焦熱地獄という、責め苦十倍増しの地獄行きになり、紅蓮の炎で焼かれるそうだからね。あの雅平も生きながらそんな極上地獄に引きずりこまれれば、さすがに目を醒ますのではないかなぁ」

さすがに初草もあきれた口調で、

「宰相の中将さまはお兄さまの長年の御友人でしょう？」

と、いつぞやの宗孝と同じことを言う。しかし、宣能は悠然と、

「そうとも。友人だからこそ、彼が早く悔い改めてくれるのを望んでいるのだよ」

まあ、と初草が目を瞠った。絶対、嘘だなと、宗孝も思った。友人が生きながら地獄に堕ちようものなら、宣能は真っ先に飛んでいき、特等席から大喜びで見物していそうである。

「そうだ。尼御前の衣の話をしていて思い出したのだが、つい先頃、こんなことがあってね」

宣能はそう切り出し、別の話題へと移っていった。

その日、宗孝は宣能のお供をしていた。

ただし、夜ではなく昼。行き先も、物の怪が出る魔所ではなく、癒しの中将と称される有光の邸であった。

「やあ、よく来てくれたね」

有光は柔和な笑みをたたえて、ふたりを招き入れた。夏らしく涼しげな二藍(ふたあい)(青紫)の直衣(のうし)を身につけ、腕に生後一年を迎えようとしている男児を抱いている。ふくふくとした頬につぶらな瞳。つややかな口もとが有光にそっくりな子だ。父親の胸に両手でしがみついて、こちらを恥ずかしそうにみつめている。

「ほう。もうそんなに大きくなったのだね」

宣能が言うと、たちまち有光の目尻が下がった。

「ああ。抱くたびに重くなっているし、もうつかまり立ちができるようになったよ。這い這いも上手で、ちょっと目を離した隙にひとりで簀子縁(すのこえん)に出ていったりするものだから、気が抜けない」

「元気な若君でよかったじゃないか」

「うん。よく笑うし、よく寝る、よく食べる。健やかに育ってくれて、親として嬉しい限りだ」

自分のことが話題になっているとわかるのか、童はますます恥ずかしそうに父の胸に顔を擦りつけた。そうされればされるほど、有光も嬉しそうに笑み崩れる。

彼が突然、子の存在を公表した去年の秋、世間は騒然とした。当然、母親はどこの誰であろうかと詮索もされたが、有光が憂愁の表情を浮かべ、

「どうか聞かないでほしい。この子の母親はすでにもう、この世のかたではないのだから――」

そう告げた途端、世間は「きっと公にはできないような身分の低い女人で、産褥か何かで身罷ったに違いない。お気の毒に」と勝手に解釈して騒ぎは鎮まった。

子の母親は身罷ってはいない。身分が低いというのも違う。だからといって、有光が嘘をついたわけでもなかった。

彼と恋に落ちて子まで生した相手は、いまや穢れ多き俗世ではなく、聖域たる伊勢にいる。触れてはならない神聖なる巫女姫――伊勢の斎宮だったのだ。

宗孝と宣能は、とある縁から有光と斎宮の恋を知り、ふたりの子とも深く関わった。

彼らの情愛の深さに心打たれたものの、どうすることもできず、秘密を共有し続けている。

「ささて。父はこのひとたちと話があるから、あちらで女房たちと遊んでいなさい」

有光が子に言って聞かせたと同時に、家の女房たちが進み出てきた。

「若君。さあさ、あちらへ参りましょうね」

女房たちは童を受け取り、別室へと連れて行く。残った有光と宣能、宗孝は改めて円座にすわり直した。

「ところで、雅平から聞いたのだけれど、荷葉の尼御前は彼岸の住人だったのだって？」

「なんだ、それを聞きたくて呼んだのか。まあ、雅平はそう思いこんでいるが……」

「ほう。実際は違うとでも？」

興味津々で身を乗り出してくる有光に、宣能は苦笑を隠せない。宗孝もなんとも言えない表情で、ふたりの中将のやり取りを見守る。

「彼岸――あの世のモノではなく、この濁世の住人だろうな。どこの何者ともわからない偽尼が、持ち主のいなくなった庵に入りこんでいた可能性が高い。しかし、それを証明する術はないし、雅平には日頃の行いを反省するいい機会になるかとも思ったから、誤解は解かないでおいた」

「なるほど、そういうことか」

くすくすと有光は楽しそうに笑った。

「物の怪好きが怪異を求めて出向いたのに、またもやふられてしまい、それで雅平に八つ当たりをしたのだね」

宣能の形の良い眉がほんのわずかながら、ひそめられた。こちらの中将さまもおっとりした風情でありながら、なかなか鋭いところを突くのだなぁと、宗孝は感心する。

「真実を教える気はないのかな？」

「真実かどうかは定かではないし。第一、雅平のことだ。すぐにまた次の恋をみつけて、浮かれ歩きを始めるに違いない。むしろ、もう少し長めに反省させてやってくれないかと繁成に言われたくらいだぞ」

「あの堅物なら言いかねないな」

頭の中将たる繁成は、雅平が尼僧に食指を動かした点を重く見て、「浮ついた心持ちでいるから幽鬼につけこまれたのだ。これを機に深く自省すべきだ」と言って憚らなかった。

「尼僧に恋心をいだいただけで繁成があんなに怒るなら、わたしなど絶交されてしまいかねないね」

冗談めかしたふうに言う有光に宣能が、

「真実の想いなら神も仏も怒りはすまい」

きっぱりと言い切った。有光は驚いたように目を見開いてから、恥じらうように視線をそらす。宗孝はとてもふたりの中将の間に入りこめずにいる。

そこに女房の衣ずれの音が聞こえてきた。

「やっと酒が来たようだな」

有光はそう言ったが、入室してきた女房は何も携えてはいなかった。それどころか、ひどくうろたえた顔をしている。

「お、畏れながら、こちらに若君は……」

訊かれて有光は当惑し、眉根を寄せた。

「何を言っているのだ。さっき、おまえたちが連れて行ったではないか」

「それが、ほんの少し目を離した隙に、若君のお姿が忽然と消えてしまい……」

「なんだって」

温厚な有光が円座を蹴飛ばしかねない勢いで立ちあがった。

「おまえたちがついていながら、なんということだ」

叱責された女房はその場に力なく崩れ落ち、身を小さく縮こめてひれ伏した。

「申し訳ございません。いま、女房たちが懸命に捜しております。まだつかまり立ちがやっとなのですから、まさかお邸の外に出るはずはないかと……」

普通に考えればそうだ。しかし、宗孝の脳裏にこのとき、いやな想像がよぎった。

（いつだったか、中将さまから無理やり聞かされた怪奇譚の中にあったな。生まれたばかりの赤子が立ちあがり、にこにこ笑いながら家の外に歩いて出ていって、それっきり帰ってこなかったとかいう話が――）

あり得べくもない現象が生じる。それを怪異とひとは呼ぶ。頑是ない赤子がすっくと立ちあがって歩くさまは、もとがかわいらしい存在だけになおさら不気味で、宗孝はぞくっと身を震わせた。

「きみたちはここにいてくれ。わたしは吾子を捜してくる」

表情を強ばらせ、早口で言う有光に、

「いや、わたしたちも捜そう」

宣能はそう請け合った。わたしたちというからには宗孝も込みだ。もちろん、宗孝にも異存はなかった。

有光と女房たちは屋内を、宗孝と宣能は庭を捜した。しかし、若君、若君と呼ばう声が邸の内外からあがるばかりで、童の返事は聞こえてこない。

「――ひょっとして、床下の奥にでも入りこんでしまったのでしょうか」

宗孝が言うと、宣能は怪訝そうな顔をした。

「なぜ、そう思うのかな」

「中将さまが前におっしゃったではありませんか。生まれたばかりの赤子が、実は鬼子と呼ばれる物の怪で、生まれおちるや否や、家の床下にもぐりこもうとすることがあると。もちろん、若君が鬼子だというつもりはさらさらありませんよ。ですが、つかまり立ちができるような元気な童なら、好奇心のまま、そのような場所にうっかり入りこむこともあるやもしれませんし」

むしろ、そういう前例があって、床下にもぐりこむ赤子の物の怪の話ができあがったのかなと思わなくもない。

「とにかく、見るだけ見てみますね」

宗孝は袖をまくり上げ、寝殿の床下に果敢にもぐりこんだ。が、蜘蛛の巣やほこり相手に悪戦苦闘したにもかかわらず、なんの手がかりも得られない。ほこりまみれになって元の場所へ戻ってきた宗孝に、待ち構えていた宣能が尋ねた。

「どうだった？」

「いえ、それらしき痕跡すらみつかりませんでした」

「そうか……。もしや神隠しにでもあったのだろうか」

「神隠し？」

「ああ。赤子や小さな童などは物の怪に狙われやすいからね。これだけ捜してみつからないとなると、物の怪が介在した可能性もなくはあるまい。しかも、母御が実は斎宮ともなれば、余計に妖しいモノの気をそそるだろう。現に天狗などは、修行の邪魔をするのが目的で僧侶を攫っていくというし」

宣能は天翔る天狗の姿を追い求めるように空を仰いだ。

「天魔に攫われたのなら、取り戻すのも難しかろうな……」

あきらめとは違う、攫われた子をうらやむような不思議な表情が、宣能の顔に浮かぶ。

宗孝はにわかに、胸の奥がざわつくのを感じた。

鬼神や天魔に狙われるのは、幼い子供や修行に励む聖者だけではない。見目麗しい者、歌謡などの芸能に優れた者も、その対象となり得る。宣能は立派にその条件を満たしていた。

「……そのような不吉なことを口になさいますな」

「おや、気分を悪くしたかい？」

「いえ、そうではありませんが」

魔の姿を目で探す宣能に不安を感じたのだが、それをうまく言い表せられない。まごついていると、

「不謹慎だったね。悪かった」

思いがけず殊勝な言葉が返ってきて、宗孝のほうがあわててしまった。

「あ、いえ、不謹慎だなどとそんな。中将さまが御友人の若君の身を案じているのは本

当だと、わたしもわかってはおりますから」

「そうか。なら、よかった」

宣能はホッとしたように表情をやわらげた。

「では、引き続き捜してみるとしようか」

「はい」

茂った前栽(せんざい)を掻(か)き分けたり、再度床下にもぐりこみまでしても、成果はなかった。邸の中を手分けして捜している有光たちも同様らしく、疲れてすすり泣きをしている女房の姿まで見えた。

これほどまでに皆を嘆かせて、童はいったいいずこへ消えたのか。

(まさか、本当に天狗が……)

どうにも説明できない事象が目の前に立ちふさがったとき、ひとはそうなった理由を求めるあまり、ついつい超自然の存在のせいにしてしまいがちだ。千年ののちの世でも、その傾向は消えない。平安の御代(みよ)ならば、なおさらだった。

宗孝もその方向へ流れていきかけたが、とりあえず深く息を吸いこんで思い直してみた。

(もっとよく考えてみよう。自分が小さな童だとしたら、まずはどこに向かうだろうか――)

物心つく前の童の心境など、わかるはずもない。それでも、捜索の手がかりを求めて懸命に思考をめぐらせる。

(ほとんど這って進んでいったとして——)

宗孝は階(きざはし)から簀子縁に上がっていき、そこに赤子のように這いつくばってみた。すると、床板のひんやりとした冷たさが腹部に伝わってきた。あ、気持ちいい、と彼は思った。

「何をやっているのかな、右兵衛佐」

「いえ、わたしにもよくわかってはいないのですが」

わからないままに、ずりずりと這ってみる。接した床面の冷たさは、移動することによって更新されていく。これはいいと感じた宗孝は、涼を求めて簀子縁を這い進み続けた。そのあとを宣能が興味津々の面持ちでついていく。

ずりずりとしばらく這ってみて。小さな子ならこれくらいも行けば疲れてくるだろうなと思ったとき、あいたままの妻戸が目に留まった。中を覗くと、廂(ひさし)のさらに奥に塗籠(ぬりごめ)(三方を壁で囲まれた空間。主に納戸に用いられる)の戸が見え、そちらもあいたままになっていた。

なんとなく興味をひかれ、宗孝は塗籠目指してずりずりと這った。宣能もあとから忍び足で続く。

　塗籠の中は薄暗く、普段使っていない調度品などが所狭しと積み重なっていた。宗孝は周囲をもっと見渡したくなり、半身を起こしてみた。若君の背丈はこれくらいだったかなと膝立ちで調整していると、すぐ目の前の唐櫃（からびつ）に視線が吸い寄せられた。

　唐櫃とは衣服などを収納する大型の箱で、脚が付いているものが唐櫃、ないものを倭櫃（やまとびつ）と称した。唐櫃の蓋は閉まっていたが、隙間から若苗（わかなえ）色の衣の裾がわずかにはみ出ている。

（確か、若君が着ていた装束はこんな色だったような……）

　宗孝はおそるおそる唐櫃の蓋をあけてみた。宣能も彼の背中越しに覗き見る。次の瞬間、ふたりの口からあっと驚きの声がほとばしった。唐櫃の中で、淡浅葱（うすあさぎ）（薄い青色）の衣にくるまった小さな童がすやすやと寝入っていたのだ。

「どうしてこんなところに」

「いいから、有光を呼んできておくれ」

「は、はい」

　宗孝はすぐさま塗籠を飛び出し、有光のもとに走った。

「右近中将さま、若君がみつかりました。あちらの塗籠です」

　そう聞くや、有光は塗籠へと直行する。女房たちもあわてふためきながら主人を追い、宗孝もそれに続いた。

塗籠では、宣能が唐櫃の脇に立ち、皆を待っていた。

「吾子は……」

しっ、とひと差し指を口の前に立て、宣能が小声で言った。

「静かに。気持ちよさげに眠っているから」

有光は袖で口を押さえ、そろそろと唐櫃に近づいた。中を覗きこみ、そこにいる我が子の姿を認めるや、ああと息をつく。

「吾子よ、どうしてこんなところに——あっ」

何かをみつけたのだろう、有光は唐櫃の中に手を差し入れ、童がくるまっている衣をそっと撫でた。

「これは——わたしがあのひとと交換した思い出の衣だよ」

この時代、衣は大きめに仕立てあげるため、男女による差異はさほどない。ゆえに、逢瀬をもった男女が愛情の徴として、身につけていた衣を交換することがしばしばあった。

あのひと、と有光がしみじみと呼ぶ相手が誰なのか、それはもう訊くに及ばない。

「母のにおいを赤子も感じたのだろうか……」

有光は続けて、感慨深げに万葉の古歌を口にした。

夏草の露別け衣着けなくに
我が衣手の乾る時もなき

あなたに逢うため、夏草を掻き分けていき、露に濡れた衣。それを着たわけでもないのに、わたしの袖はなぜ乾く間もないのか。——そんな意味の古歌には「あなたに逢えない哀しみの涙で濡れているせいですよ」との切ない想いがこめられている。

神に仕える斎姫だと知っていながら、有光は斎宮と愛し合った。その斎宮も一年の潔斎を経て遠い伊勢に下向してしまい、もはや逢うことはもちろん、垣間見ることすらできない。それでも、有光は斎宮への想いを胸に秘め、ふたりの愛の結晶を育てている。いつかまた、恋人たちは再会できるのか。それは誰にもわからない。せめて、斎宮が遠い伊勢から帰京することがあれば、逢う機会もないではなかろう。が、帝の代替わりか、斎宮自身の病、もしくは近親者の不幸などがない限り、斎宮の退下はあり得ないのだ。

許されない恋かもしれない。しかし、これほど真摯な恋もあるまい。いつか、ふたりが再びまみえますようにと、宗孝も願わずにはいられなかった。

大人たちの気配に気づいたのか、童はぱちりと目をあけた。すぐそこに父の顔があるのを見るや、童はきゃっきゃと声に出して笑った。父親が好きで好きで仕方がないのだとわかるような、屈託のない笑い声だった。

「吾子は笑うと彼のひとにそっくりなのだね……」

有光のつぶやきに宗孝は胸がいっぱいになった。子の母親が斎宮だとは知らない女房たちでさえ、心打たれてすすり泣いていた。


有光の話を聞き終えた初草は、袖を目頭にそっと押し当てた。

「これほどまでに深く想い合っていて、それでもともにいられないなんて……」

逢えぬ恋の苦しみを、幼いながらに感受して声を震わせる。その感性の深さに宗孝も心動かされ、初草と同じように目を潤ませ、瞬きをくり返した。ただ、宣能だけは違う感想をいだいたようで、

「しかし、唐櫃の中とはね。母の香りを求めてという説明付けも悪くはないが、できれば違う方向にひとひねり欲しかったな」

「は？　どういうひとひねりですか」

訊かねばいいのに、頭に浮かんだ疑問を宗孝はそのまま口にしてしまう。訊かれたほうは嬉々としてうなずいた。

「うん。まずは唐櫃に入った童が忽然と消えてしまうのだよ。もちろん唐櫃の中を捜し

ても、童はみつからない。いったいこれはどうしたことかと家の者たちは嘆き悲しみ、あちこちの寺院に願掛けなどして、童の帰館を待ち望む。しかし、なんの効果もなく一年が過ぎたある日、童はひょっこりと唐櫃から出てくる。不思議なことに、童は消えた一年前と身の丈も重さも変わらぬままであった——とかだったら、いい怪奇譚になったろうにね」

微妙な空気がその場に流れた。童の無事よりも怪異を望む宣能に初草は、

「さすがにあきれてしまいますわ」

「ですよねえ」と宗孝も彼女のほうに味方する。もっとも、童が無事にみつかったからこそ、言えることだとわかってはいた。

「おやおや、ふたりがかりで責められてしまうとは」

苦笑しつつ、宣能はさっと腰を上げた。

「さて、そろそろ釣殿(つりどの)のほうへ行こうか。今日も暑かったから、あちらで涼みながら話の続きをしよう。構わないだろう、右兵衛佐」

と、宗孝を誘って初草の前から逃走を図る。宗孝も「あ、はい」としか言いようがない。

「ずるいですわよ、お兄さま。また宗孝さまを独り占めして」

初草の抗議の声を背中で聞き流し、宣能は宗孝を釣殿に連れて行った。釣殿とは池に

臨んで建てられた開放的な造りの殿舎で、主に納涼の場として用いられていた。宗孝たちがそこに行くや、すぐに家の女房たちが酒と肴を載せた膳を運んできてくれた。

「さあ、飲みたまえ。いつも怪異探しに付き合ってくれる礼だよ」

「では、遠慮なく」

宗孝は差し出された盃をありがたく受け取り、美酒を味わった。いつもながら、右大臣の邸で饗される酒は格別だった。

空に昇った宵の月が、池の水面に映りこんで揺らいでいる。星々も金銀の砂子のごとくきらめいて、吹き放しの釣殿を抜けていく風はなんとも心地よい。

「いつもこのように怪異なしだとありがたいのですが」

しみじみと本音が洩れ出てしまう。しかし、宣能は首を横に振り、

「いやいやいや。静かな夜ばかりではつまらないよ。人生にはあえての暴挙も必要だとも。それでこそ、新たな道も開けようというもの」

「ああ、そういうお考えなのですね……」

このひとは他人の忠告になど耳を貸さない。いまさらだ。——と、自分に言い聞かせる宗孝を見据えて、宣能が問う。

「右兵衛佐はそうは考えぬのか？」

「はい？　何をですか？」

「たとえば、どうにも動かしようがないと誰しもが思うような事象があったとしよう。しかし、そちらのほうへは絶対に駒を進めたくない。そのような場合、非難はもちろん覚悟の上での、あえての暴挙なら許されるのではないか？」

宣能の細めた目の奥には、意外に鋭い光が宿っていた。これはどういう設問なのだろうと宗孝は大いに戸惑う。

「……もう少しわかりやすいように言っていただきませんと、なんとも答えようが」

宣能はふっと笑うや、瞬きひとつで鋭い眼光を消し、盃の酒を飲み干した。

「ただの譬え話だよ」

向き直った宣能は、すでにいつもの彼に戻っている。宗孝は秘かに安堵しつつ、あえての暴挙について自分なりに考えてみた。

十二人の姉を持つ末っ子の長男として、家名を継ぐ責任が宗孝にはある。その一方で、自分は器用ではないとの自覚もある。宣能のような上流貴族の伝手を頼りに、なんとかうまく宮仕えをこなしていって、家財産を次代に繋いでいかなくてはならない。

いまのところ、それ以上の野望は特にない。宣能のように刺激を求めて物の怪を探したいとか、雅平のように危険な恋に身を焦がしたいとも思わない。そんな自分がいかにも凡庸な気がして、心中複雑ではあるが……。

「……きっと宰相の中将さまも、そのような覚悟をなさって、荷葉の尼御前のもとにあえて忍んでいったのでしょうね」

少しうらやましくなって、しみじみと言うと、

「あれはただの考えなしだよ」

さっくりと断定されてしまった雅平が、宗孝は気の毒になった。


双方、いい具合に酔ってきたところで、釣殿の小宴はお開きとなった。

「今宵は楽しい御酒(ごしゅ)をありがとうございました」

「礼には及ばないよ。次こそは怪異を求めに出かけるからね」

「……はいはい」

そんな会話を交わし合って、宣能は宗孝を邸の門前で見送る。

ほろ酔い気味の宗孝の足取りは少々覚束(おぼつか)なげだが、宣能はあまり案じてはいない。一見、気弱そうな右兵衛佐が、実は頼れる男だということを彼はすでに知っていた。宗孝なら多少の酒が入っていようとも、わあわあと悲鳴をあげつつ、どうにかこうにか災難を切り抜けていくだろう。

「だからこそ、初草を……」

独り言(ひとりごと)ちかけ、宣能は手にした扇で自分の口を押さえる。

　心地よい酔いは彼の身体をも包みこんでいた。ふんわりとしたこの気分のまま休もうと、自室に戻りかけたその足が、ふと止まる。

　視界の隅に茂る庭木の下に、いつの間にか人影が立っていた。萎烏帽子(なええぼし)に地味な色合いの直垂(ひたたれ)を身につけた、猛禽(もうきん)のように鼻の高い、三十代ほどの男だ。右大臣家に仕える家人(けにん)ではない。

　たちまち宣能の酔いは冷め、ひどく用心深い表情へと変わる。彼は男のほうを見ないままで問いかけた。

「もう調べがついたのか」

　直垂の男、狗王(くおう)は畏(かしこ)まって「はい」と応えた。ただし、恭順の意を示しているようで、どこか傲岸不遜な気色(けしき)をも漂わせている。いつものことなので、宣能も気にはしない。それよりも狗王が携えてきた情報のほうが重要だった。

「あなたが考えた通り、庵にいた女は本物の尼ではありませんでしたよ。それどころか、少々厄介な相手で」

「厄介？」

「多情丸(たじょうまる)の女ですよ」

　多情丸とは、都の裏社会を牛耳っている男である。宣能の父、右大臣はおのれの権勢を維持するため、秘かに多情丸と手を結んでいた。その後ろ暗い繋がりも含めて、いずれは嫡子の宣能が引き継ぐこととなる。宣能自身はそれを厭うていたが、どうにも拒めなくなり、仕方なく受け容れたばかりであった。

顔をしかめた宣能は固い声で確認した。

「確かか」

「はい。わたしも見知った女ですので。仲間内では宇津木と呼ばれております」

「空蟬の夏の衣の女の名は、宇津木か」

狗王は多情丸の手下であり、彼と右大臣家を繋ぐ連絡役となっていた。

宗孝や初草は狗王と以前に接触してはいたものの、彼や多情丸が右大臣家と関係していること、その中に宣能が引きこまれたことはまだ知らない。

「髪は尼削ぎだったと聞いているが」

「少し前に、宇津木が別の男と密通したのがバレまして。男は殺され、派手な愁嘆場の挙げ句、勢いで宇津木が髪を下ろしたのですよ。それでしばらく、罰としてあんな寂しい庵に押しこめられて」

宣能は多情丸のいかにも酷薄そうな面構えを思い浮かべて言った。

「殺しも厭わぬか」

「ええ。先代のお頭の傘下に入る以前は、かなり荒々しいこともやっていたようで。先代のもとでこそ、おとなしくしておりましたが、いまや多情丸も本来の気性を隠そうともしません」

「かなり荒々しい……。ほう」

宣能は素知らぬ体で多情丸の情報を集めていく。いつか多情丸の隙をつくために、必要な作業として。

「で、俺にまた新たな男出入りがあると気づいた多情丸が、宇津木をあそこから引きあげさせたのです。もちろん、宇津木は認めはしませんでしたけれどね。たまたま、俺の近くで暑気あたりで倒れた貴族を介抱しただけだとか言って」

「そのあたりは嘘ではないが……。女はいまはどこに」

「多情丸のもとに戻されました。けれども、ひとところにじっとしているのを厭がる女ですから、またすぐどこかに隠れ家をあてがってもらうでしょう。そうしたら、ほとぼりが冷めた頃にまた男を引きこんで、そやつに妬いた多情丸がまた女を手もとに呼び寄せてのくり返しです」

「なんだ。毎度のことなのか」

ふっ、と小さく宣能は笑った。だが、続いた狗王の言葉に笑ってもいられなくなる。

「多情丸はあの女にぞっこんなので。浮気相手は洩れなく殺されておりますよ。それこそ、貴族であろうと僧侶であろうと容赦なく。宇津木もそうやって多情丸の心をあおっている節がなくもなく……」

「洩れなく？」

宣能は振り返り、剣吞（けんのん）なまなざしを狗王に向けた。

「誰が手を下したのだ。おまえか？」

狗王は肩をすくめ、

「全部が全部とは言いませんよ。多情丸自らが斬り殺した者もいますし」

「とんでもない男だな。よくもまあ、そんな男に仕えていられる」

「言ったでしょう。多情丸はわたしたちの頭目で、逆らうことはできないのだと。先代の遺言なのですから仕方がありません」

「仕方がないか。それはまたずいぶんと、みじめなものだ。違う生きかたをしてみたいとは思わなかったのか？」

挑発するように問う宣能に、狗王は肩をすくめた。

「あえての暴挙とやらを、わたしにも勧める気で？」

釣殿での会話をどこかで盗み聞きしていたらしい。宣能はまなざしがさらに険しくなったが、それに対し、狗王は唇の片端をわずかに上げてみせただけだった。

第三帖

青磁の香炉から白い煙が細く立ち昇り、清涼感のある香りが薄暗い部屋に広がる。多情丸はくんくんと大仰に鼻を鳴らして、虚空に漂う荷葉の香を嗅いだ。

「ふむ。悪くない」

ただでさえさびれている右京の、もの悲しい界隈に取り残された古寺。そこを多情丸は住処にしていた。夜も遅く、広いばかりで傷みの激しい家屋に雅やかな香りが漂うことで、なおさら場のすさまじさが増していたのだが、多情丸は御満悦だ。香を薫いているのが、彼お気に入りの女だったからだ。

多情丸は四十代のなかばほど、眼光鋭く、裏街道を歩んできた者独特の厳めしい顔つきをしていた。右目の下に小さな泣きぼくろがあるが、その程度では身に染みついた不穏さはぬぐえない。

そんな彼が三十ほどの美貌の——それも尼僧を抱き寄せているのだから、罰当たり極まりない構図だった。尼僧自身も厭がる素振りを見せるどころか、多情丸に蠱惑的な笑みを向けている。

そもそも、彼女は本物の尼僧ではない。多情丸の情婦、宇津木であった。

「少しはわたしの調合の腕も上がったかしら？」

宇津木が香の出来を問うと、

「ああ。これならば、元はやんごとなきかたの未亡人と称しても通るだろうよ。尼僧姿なら、なおさら疑いはもたれまいし」

「そうやって、今度はどんな悪事の片棒を担がせようというのやら……」

「何を言う。いきなり髪を切ったのはおまえではないか」

ひと月ほど前のこと。婀娜（あだ）っぽい宇津木に、多情丸の部下のひとりが好き心を起こし、ちょっかいをかけてきた。宇津木もまんざらでもなく、多情丸の目を盗んで逢瀬を持とうとしたが、その矢先に事が発覚。相手の男は、問答無用で多情丸に斬り殺された。

宇津木自身も危うく同じ末路をたどりそうになった。が、開き直った彼女は、多情丸の目の前で長かった己の髪を切り落とし、「尼になる」と大騒ぎしてみせたのだ。

結局、多情丸は宇津木を許した。その代わり、罰として、部下たちの目の届かぬ洛外の小さな庵に、彼女をしばらく押しこめておくことにした。

もともとが贅沢（ぜいたく）好きのわがまま女だ。不自由さと侘（わび）しさに音をあげ、早々に泣きついてくるだろうと多情丸は高をくくっていた。ところが、宇津木は若い貴族を庵に引きこみ、あろうことか、尼のふりをしたままでその男を誘惑し始めた。

世話係としてつけていた女たちから知らせを受けた多情丸は、すぐさま庵から宇津木を引きあげさせた。が、それだけでは腹の虫が治まらない。浮気な宇津木も憎たらしいが、それ以上に相手の男を懲らしめてやりたくなったのだ。

すでに手は打ってある。そろそろ、報告が来てもよさそうな頃合いだった。

「……おまえの尼姿も悪くないと思うおれも、相当な罰当たりだな」

あら、と宇津木はしなやかに身をくねらせ、尼削ぎと呼ばれる、肩までしかない髪をかきあげた。

「こんな髪になってしまって、わたしはてっきり、愛想を尽かされるものと思っていたのにねえ」

「何を言う。その姿で若い貴族をたぶらかしたそうじゃないか」

「またその話？　暑さにやられて倒れていたおかたを手当てしただけで、あのかたとは何にもなかったと言っているのに」

嘘をつけ、と言いかけたところに、こちらに向かってくる足音が聞こえてきた。足音の主は、簀子縁（すのこえん）から「ただいま戻りました、お頭」と声をかけてくる。

「狗王か。入れ」

許しを得て狗王が入室してきた。彼の動きに合わせ、香の白い煙が虚空でうねる。

多情丸は宇津木を抱いたまま、部下を迎えた。宇津木は笑みこそ消したものの、情人の腕の中で恥じらう様子もない。狗王に向けるまなざしも冷淡だ。

狗王自身は、最初から宇津木など眼中になかった。

「これを」

狗王が直衣（のうし）の片袖を床に置いた。肩のあたりで乱暴に引きちぎられてはいるものの、よい品であることは疑いようがない。

「牛車に乗っているところを襲い、奪ってまいりました」

淡々とした報告に、多情丸の凶相が笑み崩れた。

「そうか。さぞや、相手は驚いたことだろうな」

はい、と狗王の返事は素っ気なかったが、多情丸は上機嫌で笑っている。

「おお。おまえに手を出そうとした貴族に目にもの見せてやったぞ」

宇津木が戦（おのの）きつつ、「まさか……。これはあのかたの？」

自慢げに言われて、宇津木は声をあえがせた。

「そこまで妬くなんて……」

さすがにひいたのかと思いきや、

「嬉しい」

そう言うや、宇津木は多情丸の首に両腕を廻して抱きついた。多情丸もにやつきながら抱き返し、青鈍色の衣の上から情婦の身体をまさぐり始める。

狗王は眉ひとつ動かさず、直衣の袖を残して、静かに退室していった。


ごうごうと音をたてて、紅蓮の炎が燃え盛っている。数えきれぬほどの火柱に焦がされたのか、空は一面、不気味な赤銅色だ。

周囲は剣のごとくに切り立った険しい山々に囲まれ、緑の樹木など一本も見当たらない。吹きすさぶ熱風は、大勢の悲鳴と泣き声を運んでくる。

泣き叫んでいるのは半裸の亡者たちだった。全身緑色の鬼が棍棒を振り廻し、逃げ惑う彼らを追っていた。青色の鬼は容赦なく鞭をふるっている。白色の鬼は亡者たちを捕まえては、笑いながら火柱の中に投げこんでいる。

雅平は呆然と立ち尽くし、その陰惨な光景を見廻していた。

(地獄だ、ここは……)

そうとしか言いようがなかった。

(死んだおぼえもないのに、ここにいるということは、わたしは生きながら地獄に堕とされたのか)

地獄堕ちの理由は思いつかないでもない。平安貴族の間では色好みもさして責められはしないが、仏教において多淫は罪のひとつとして数えられている。ましてや、いちばん最近の恋は、道義的に許されない尼僧との恋愛だ。

　恐怖で全身が震えた。おそろしくてたまらなかったが、とにかく鬼たちに気づかれる前に逃げなくてはならない。雅平は懸命に自分を鼓舞し、この場から秘かに離れようとした。

　ところが、数歩あとずさっただけで、背中が何かにぶつかる。ぎょっとして振り返ると、全身緋色の鬼がすぐ後ろに立っていた。

　鬼はニタリと笑って、手にした斧を振りあげた。逃げる間もなかった。

（殺される――！）

　左肩に斧の刃が食いこみ、雅平は悲鳴をあげた。が、次の瞬間、彼は褥の上で目をあける。

　視界に広がるのは、緋色の鬼でも紅蓮の火柱でもなく、自分の部屋の天井だった。もはや朝ですらなく昼間で、格子戸のむこうからは蟬の声が途切れることなく聞こえてくる。

　夢だったのだ。

（助かった……）

　雅平は天井に向けて大きくため息をついた。が、ごろんと寝返りを打った拍子に左肩が痛み、顔をしかめる。夢で鬼に斧を打ちこまれたのと同じ場所だったが、押さえた手に血が付くわけでもない。

昨夜、牛車に乗って家路をたどっていた際、雅平は怪しい者どもに取り囲まれ、危うく車から引きずり出されそうになった。必死に抵抗したし、従者たちも奮闘して彼らを追いはらってくれたために、直衣の左袖を剝ぎ取られただけで済んだが、そのときに左肩を打って痛めたのだ。

おそらく、追い剝ぎ目的の輩だったのだろう。予想外の災難に雅平はすっかり滅入ってしまい、本日の出仕も取りやめにして、こうしてずっと床に就いている。なのに地獄の悪夢まで見てしまい、まさに泣きっ面に蜂だった。

（やれやれ。このところ、良くないことばかり起きるような……）

つい、後ろ向きなことばかりを考えてしまう。いや、こうなる以前から、雅平はふさぎがちだった。それこそ、口の中に小さな腫れ物ができたとか、木立の間を歩いていたら小枝が頭上に落ちてきたとか、そんな些細な出来事すら、気鬱の種となっていたのだ。

もともと平安貴族全般にそういった傾向は強く、夢見が悪かったといっては陰陽師を呼んで吉凶を観てもらうのが通例だった。なのに、雅平はまだ陰陽師を呼んでいない。なんとなく、今回ばかりは僧侶に頼ったほうがいいような気がしていた。

実行に移す踏ん切りがなかなかつかなかったのだが、昨夜のようなことがまた起きてはたまらない。やはり、今日こそ近くの寺院に出向くとするか――

そう心に決め、重たい身を起こしかけたところへ、家人が友人たちの来訪を告げに来た。

「おふたりの中将さまがお越しでございます」

宣能と繁成のことだった。友が見舞いに来てくれたと知って、雅平はにわかに嬉しくなった。

「わかった。すぐにこちらへ通してやってくれ」

「はいはい」

家人が出ていってすぐに、雅平は枕もとにあった立烏帽子(たてえぼし)を引き寄せた。平安貴族たるもの、たとえ病で臥(ふ)せっていようとも、人前では烏帽子を着用するのが礼儀だ。

雅平は烏帽子をかぶり、薄い夜具を引き寄せて、褥に横になった。ほどなく入室してきた宣能と繁成に、臥したままで弱々しく微笑みかける。

「やあ、よく来てくれたね。こんな見苦しいさまですまない」

いかにも病人らしい細い声も出せた。なのに、繁成は開口一番、

「具合が悪くて出仕できないと聞いたから見舞いに来たのだが、思ったより顔色はよさそうだな」

宣能もうなずいて、「うん、よさそうだ」

「いやいや、そう見えているだけだとも。わたしなど、明日にもはかない露となって消えてしまいそうな心地がするよ。で、ふたりだけ？　有光は？」

同じ近衛中将である有光はいないのかと訊くと、繁成が応えた。

「悪い病を伝染（うつ）されでもしたら、幼い吾子（あこ）を巻きこみかねないから行きたくないと」

「なんと薄情な。幼児（おさなご）を抱えた身ならば致しかたないかもしれないが、もう少し、こう、長年の付き合いの証しを示してくれてもよかったのではないか？」

むくれる雅平に向けられた友人たちのまなざしは、どちらも生ぬるいものだった。

「なんだなんだ、その目は。わたしが大変な目に遭ったばかりだというのに」

「その大変な目とは、荷葉の尼御前がこの世の者ではなかった件か？　なんだ、まだ引きずっているのか」

「いや、引きずるというわけでもなくもなくないのだが……」

どっちだ、と繁成と宣能が異口同音に突っこむ。雅平は口ごもりつつ、昨夜の狼藉者（ろうぜきもの）たちの件から、このところ頻発する不運な出来事について打ち明けた。

話の最中、宣能の表情がほんの少し張り詰めるも、誰も気づかない。ひと通り聞き終えた繁成はあきれたように、

「狼藉者どものことはともかく、小枝が落ちてきただの、口の中に腫れ物ができただのは偶然だろうに。第一、そんなに気になるのなら陰陽師に吉凶を占ってもらえば済む話

だ」

「いや、こたびのことは陰陽師ではなく僧侶のほうが向いている気がして」

「なぜ」

繁成に追及され、雅平は口ごもった。救いを求めて宣能に視線を送るも、彼には黙殺されてしまう。仕方なく雅平は胸の内を吐露し始めた。

「杞憂（きゆう）ならばよいのだがな。この一連の不運な出来事は、わたしが仏道に励むかたに心動かしたことで御仏が下された罰としか思えず……」

「いまさら」繁成が言い、

「いまさら」宣能も同調する。

身も蓋もない言われように、雅平はううとうめき声をあげた。そこへ繁成が追い打ちをかける。

「仏罰をおそれるようなら、最初から尼御前の誘いに乗らなければよかったのだ。尼僧を犯す者がどれほどひどい地獄の責め苦を受けるか、知っているのか？」

答えたのは雅平ではなく宣能だった。

「通常の地獄の苦しみ十倍増しの大焦熱地獄行きだ。それはもう、ものすごく熱いらしい。ましてや、こたびの相手は彼岸の住人。本来ならば極楽に行けたはずの女人を惑わせたのだから、罪深さはなお増そう。そういえば、『今昔（こんじゃく）物語集』にこういう話があったな」

誰も頼んではいないのに、〈ばけもの好む中将〉は嬉々として古い怪異譚を語り出した。

「いまは昔、東国から西国へ防人（さきもり）として下ったその男は、任国に老いた母を伴っていた。しかし、彼は故郷に残してきた妻を恋しく思うあまり、母を殺し、その服喪と称して妻のもとへ帰ろうと企（たくら）んだ。男が母親をひと気のない山中に誘い出し、斬り殺そうとしたまさにそのとき、大地が裂け、男はその裂け目に堕ちてしまう。母親は必死に我が子を助けようとし、御仏にも祈ったのだがその甲斐（かい）なく、男は地の底に呑みこまれていった。つまり、不孝の罪により、生きながら地獄に送られたのだ。どうかな、いっそ雅平も一度くらい、生きながら地獄に堕ちてみるかい？」

満面の笑みとともに地獄行きを勧められ、雅平は本物の病人のように顔面蒼白（そうはく）になった。

「わ、わたしは、ついさっき地獄に堕ちる夢を見ていたが……」

「素晴らしい。正夢になるかもしれないな」

宣能の非情ともとれる言葉に、雅平は歯を食いしばり、うう、ううとうめいた。そのまま恐怖のあまり気を失うかと思いきや、突然、声を張りあげる。

「わ、わたしは尼御前の菩提（ぼだい）を弔おうと思う！」

疑わしげな顔をする宣能と繁成に、雅平は必死で言い募った。

「思いつきではないぞ。だからこそ、陰陽師ではなく僧侶に頼ろうと思ったのだ。ただ、その、亡きひととの関わり合いを尋ねられでもしたら、どう答えたものか、それが思いつかなくて踏ん切りがつかず……」

「好き心から手を出そうとしたと、洗いざらい打ち明けてしまえ」

繁成は手厳しく突き放したが、宣能はあっさりと、

「子細あって詳しくは明かせないが、と言えば済む話ではないか」

雅平は目を瞠った。

「それでいいのか？」

「ああ。世の中には、秘してこそ香り立つものもあろう。すべてを光のもとにさらけ出すばかりが能ではない。たとえばそう、誰もいないはずの部屋の隅にふと立ちのぼった人影。風もないのに、ぎしぎしと揺れる家屋。どこからともなく聞こえてくる笑い声。そういった、ゆかしいモノたちを、やれ気のせいだ、目の迷いだなどと決めつけるのは愚の骨頂、無粋でしかない」

「そうか……。そうだな。うん、つまり余計なことは言わなければよいのだな」

「そうとも。世人の賢しげな言葉に惑わされることはない。真実は常に、我らの胸にある」

「その通りだ。荷葉の香が漂う小さな庵。軒先にはかなげに咲いていた昼顔。この手に残された空蟬の薄衣。あの女との短くも美しい思い出は、わたしひとりの胸の内に収めておけばいいのだから……」

雅平は大きく息を吸うと、唐突に宣能の手を握りしめた。

「ああ、ありがたい。やはり、持つべきものは気心の知れた友人だ」

「わたしとしては、きみが生きながら地獄に堕ちてくれるところをぜひ見てみたかったが」

「またまた。さすが〈ばけもの好む中将〉は面白いことを言うなぁ。あはははは」

さきほどは青くなって震えていた雅平が、宣能の不穏な発言を明るく笑い飛ばす。その変わり身の早さに、繁成はあきれ返っている。

「……そうだ。知り合いの寺院に、そういった訳ありの加持祈禱も黙って受け容れてくれそうなところがある。そこに渡りをつけておこうか」

宣能の申し出に、雅平はすぐさま飛びついた。

「いいのか、そこまで頼んでも」

「ああ。我らは気心の知れた友ではないか」

生きながら地獄に堕ちるところを見たかったと明言して憚らなかったその舌で、宣能は白々しく友情を謳う。雅平は大喜びで彼の手をぶんぶんと振り廻した。

「ありがとう！　恩に着るぞ！」

真面目な繁成は盛りあがるふたりから距離を置き、自分は無関係だと言わんばかりに頭を振っている。

その間、すぐ外の樹木にとまった蟬は、ずっと変わらぬ調子で鳴き続けていた。


——雅平の邸を出てから帰る道すがら、繁成が「あれでよかったのかな」と宣能に切り出した。

「あれとは」

「雅平のことだ。僧侶など仲介せず、もうしばらく仏罰におびえさせておき、身を慎むよう促したほうが、当人のためにも良かった気がしなくもない。第一、荷葉の尼御前は本当は死んではいないのだろう？」

雅平が懸想した尼僧は生きている、それもおそらく偽尼だという話を、宣能は有光や繁成にすでに明かしていた。知らぬは雅平だけだったのだ。

女好きの彼なら、潰えた恋などすぐに忘れてしまう。むしろ、生きていると知り、捜索を始められでもしたら却って面倒だと危ぶまれたため、仲間内で口裏を合わせておいたのだが……。

「生きている者の菩提を弔っても仕方あるまいに」

「そうだな。だから、わたしは本憲寺を紹介しようかと思っている」

寺の名を聞いて、繁成の顔に驚きが走った。

「あそこを？」

本憲寺はかつて、御仏の奇蹟を体感できる寺として名を馳せていた。しかし、多くの参詣者を集めた奇蹟のすべては、ひとの手によって操作されたからくりによるものであり、それらを考案、開発したのが繁成とその友人の学者夫婦だったのだ。

「そこに雅平を招き、仏罰をこのわたしが演出する」

宣能は自信ありげに胸を張ったが、繁成は疑わしげに眉間に皺を寄せた。

「どうやって。地獄の再現でもしてみせる気か」

「ああ。頭脳明晰との評判高い頭の中将の知恵をもってすれば、できなくもあるまい。さすがにわたしも地獄の生き物たち——虎とも狼ともつかぬ凶暴な魔獣とか、火を噴く巨大な鶏とかを造り出せとは言わないよ。けれども、灼熱の大河や天から降り注ぐ焼けた石、鋭い刃物のごとき葉を茂らせた樹木とかならば、可能ではないのかな？」

可能どころか、無体極まりない要求だった。しかし、繁成は即座に退けはせず、口もとを片手で覆い、考える時間をいったん持ってから首を横に振った。

「……だいぶ大がかりになるぞ。無理を言うな。実際の火を使うのは危うすぎるし、手間も相当かかる」

「そこをなんとか。できれば数日以内に調えてくれるとありがたい」

「数日で？　馬鹿も休み休み言え」

「それくらいしか、雅平を押しとどめておける自信がなくてね。なあ、頼まれてくれないかな。火炎増し増しの大焦熱地獄や大叫喚地獄は無理でも、鬼に鑿(のみ)や鉋(かんな)で切り刻まれるという黒縄(こくじょう)地獄か、鉄の山で挟まれてぺしゃんこにされる衆合(しゅごう)地獄なら、からくりの力でなんとかならないか。糞尿責(ふんにょうぜ)めの屎糞所(しふんじょ)は遠慮したいところだが、どうしてもというのなら譲歩してもいいから」

　繁成の表情が露骨にげんなりしたものになった。

「どれにしたって大がかりにすぎる。地獄の鬼だの、悶え苦しむ亡者だのを出そうと思ったら、演者が何人いると思っているのだ」

「そこは芝居上手な専女(とうめ)衆を総動員させて……」

「亡者役ならともかく、筋骨隆々とした獄卒役は、老女ばかりの専女衆には土台、無理だろうに」

「わかった、わかった。そこまで言うのなら仕方がない」

「ここまで言わんとわからんのか」

「では、きらきらと光り輝く御仏が雅平の目の前に降臨し、彼を優しく諭す。そんな聖衆来迎図風の演出ならどうだろうか」

地獄から極楽へ。急な方針転換に、繁成がためらいを見せたのはほんの数瞬だった。

「御仏一体だけなら……。距離を充分とり、光の照り返しをうまく使って目をくらませるとかすれば……」

ぶつぶつとつぶやきながら思考をめぐらせ始める。そんな彼に宣能はにっこりと微笑みかけた。

「何か閃いたようだね」

ああ、としぶしぶながら繁成は認めた。聡明すぎるがゆえに、『こういったものが造れるかもしれない』といったん考えつくと、試してみずにはいられなくなるのだ。しかも彼の知己には、同好の士たる学者夫婦がいる。この三人が寄り集まれば、造れない物はほぼないと称してもいい。

「では頼んだよ。あとでまた連絡する。わたしはこのあと、寄りたい場所があるから」

さっさと脇道に入っていこうとする宣能の背中に、繁成が声をかけた。

「また怪異の出る魔所に行くのか？　昼間から？　右兵衛佐と待ち合わせでも？」

宣能はちらりと振り返って、肩をすくめる。

「そうだな、間違いなく魔物の住処だ。待ち合わせはしていない。ひとりだ。昼間なら問題あるまい？」

やれやれ、と繁成はため息をついた。

「いまさら止めはせんが、気をつけていけよ」

あきらめ顔の繁成と別れて、宣能は細い裏路地へと入っていった。供がなくとも、彼は気にしない。その特殊な嗜好ゆえに同行を厭がる従者があとを断たず、ひとり歩きにはもう慣れている。

宗孝を誘わなかったのは——彼に行き先を知られたくなかったからだ。魔所も魔所、多情丸という魔物の住処に宣能は向かっていた。

しかし、いくらも進まぬうちに、ごみごみした狭い路地から声がかかる。

「どちらへ？」

宣能は足を止めて振り返った。路地に向けた顔は、繁成に向けていたものとはまるで違って、露骨に不愉快そうだ。

「夜だけでなく昼間も監視か」

吐き捨てるように言われても、路地から現れた男——狗王は無表情のまま、「どちらへ」と同じ問いをくり返す。埒もないと思いつつ、宣能は応えた。

「多情丸に会いに行く」

「おやめなさい」

狗王は即座に、冷静に言った。

「こんな昼日中に行っても多情丸は寝ておりますよ。しかも、いまは情婦の宇津木といっしょです。邪魔をすると余計に面倒なことになる」

「むこうの都合など知らん。おまえが狙っているのはわたしの友人だから手を出すなと、釘を刺しに行くだけだ」

言い返している途中で、宣能はふと気づき、

「雅平の牛車を襲ったのはおまえか」

と、矛先を狗王に向ける。狗王は返答しない。その態度がすでに答えとなっていた。

「そうか。多情丸の忠実な下僕だものな、おまえは」

口調に、しかめた顔に、相手への侮蔑をあからさまに示す。それでも、狗王は平静なままで腹の内を読ませない。

「とにかく、多情丸に会いに行くのはおやめください。あそこはあなたのようなかたが赴くところではありません」

「前は行った」

「あれは初顔合わせでしたから特別です。あなたの父君も、滅多なことでは足を運びません。言いたいことがあるのでしたら、まずはわたしに。多情丸へは確かに伝えておきますから」

「おまえの助言など受けない。第一、わたしはおまえを信用していない」

まるで頑是ない童が駄々を捏ねているように聞こえる——そんな自覚を持ちながらも、宣能は狗王に歯向かうのをやめられなかった。彼自身も気づかぬうちに、相当、憂さをためこんでいたからだ。

父親に弱みを握られて以来、宣能は後継として相応しくあるべく行動するように強いられていた。多情丸のような裏社会とも繋がりを持つことになり、負った気鬱を、誰にも打ち明けられずにいる。怪異探しだけは続けて息抜きとしているが、それもいつまで保つか……。

こんな状況にあってなお——いや、あるからこそ——成そうとしている事柄はある。容易くはない。いま打っている布石がうまく功を奏するか、確証はまったくと言っていいほどない。これが最善とは思えない節さえある。危うい綱渡りを、笑顔の仮面をかぶって披露し続けているようなものだった。

そんな水面下の緊張から来る苛立ちを、宣能はいつの間にか狗王にぶつけていた。

狗王はまるで宣能の心情を読み取ったかのように、微かな笑みをすっと唇に刷いた。

「——信じていただけないのは、まあ、致しかたありませんが」

「どうして信じられる？　おまえの父親を死に追いやったのは、わたしの祖父だというのに。恨みをいだいて当然だろうに」

畳みかけてくる宣能に対し、狗王は大きく首を横に振ってみせた。

「恨んで当然の内大臣さまはすでに鬼籍に入られた。さすがに孫子の代まで祟ろうとは思いませんとも」

「ほう。父上や初草にまでは害意はないと、本当に言い切れるのだな?」

疑わしげに顔をしかめる宣能を真正面から見据え、狗王は誓いを立てるがごとく、自らの胸に片手を押し当てた。

「どうしてわたしが右大臣さまを、ましてや初草の姫君を害しようとするでしょうか。それだけはあり得ませんとも」

微塵の迷いもない。宣能も一瞬、気を呑まれ、狗王から目をそらして足もとに視線を落とした。

白茶けた地面にうずくまる、黒々とした自身の影をじっとみつめる。そうしているうちに、波立っていた気持ちがなぜか自然と鎮まっていった。

「なるほど、そうか」

宣能は顔を上げ、狗王に向き直った。

「いまの言葉だけは信じよう。だからといって、おまえ自身を信じたわけでないことは、しっかり肝に銘じておけ」

「御意」

畏まってうなずいた狗王からは不遜な印象がぬぐえなかったが、宣能はもはや構わず、くるりと背を向けて歩き出した。

「多情丸には忘れずに伝えておけよ」

「ええ」

先ほどよりも軽めの返事も、もう気にならなかった。


腕に尼姿の宇津木を抱いたまま、多情丸は昼日中から褥に寝転がり、気持ちよくまどろんでいた。が、ひとの気配を察して、カッと目をあける。

「……狗王か」

御簾のむこう側、簀子縁に片膝をついている狗王の姿が透けて見えていた。狗王は前置きなしに、

「右大臣さまの御子息、左近衛中将さまからの伝言です。『わたしの友人には手を出すな』と」

「友人？」

「宇津木の火遊びの相手ですよ。色好みと評判の宰相の中将さま」

「おい、宇津木」

宇津木が薄目をあけ、わざとらしいあくびをしてみせた。

「おまえに色目を使った貴族は宰相の中将か」

「……ええ」

ふうむ、と多情丸はうなり、

「右大臣の嫡男と揉めるのはな……」

苦々しげにつぶやいてから、狗王に言った。

「わかった。すでに遺恨は晴れている。これ以上の手出しは無用としよう」

「はっ」

狗王は一礼して去っていく。しばらくして、宇津木が不満そうに言った。

「どうして、あんないけ好かない男に目をかけているのだか」

「いけ好かないか？　使える男だぞ。先代のお頭もやつを特にかわいがっていた。正直なところ、やつがおれの下でおとなしくしているからこそ、おれに従っている者も少なくはない」

「それって逆に危なくはなくて？　もしも、頭の座をあの男が奪おうと考えていたら……」

疑念を誘う甘い毒を言の葉に忍ばせ、宇津木がささやく。けれども、多情丸はからからと笑い飛ばした。

「おいおい。おまえの色香になびかぬやつが、そんなにうとましいのか？」

図星だったのか、宇津木はふんと鼻を鳴らしてそっぽを向いた。そのうなじに、多情丸はにやつきながら顔をうずめる。

「ああ、おまえは本当にいい匂いがするな……」

ふふふと、宇津木が満足げな含み笑いを洩らす。

蓮の葉の異名でもある荷葉の香。女の汗と混じり合ったせいか、清らかなはずの香りが、このときばかりは背徳的で淫靡(いんび)な雰囲気を醸し出していた。

宗孝には十二人の異母姉がいて、それぞれに出家していたり、帝の寵妃となったり、宮廷女房だったりとさまざまだ。

五の君と呼ばれる五番目の姉は、学者のもとに嫁いでいた。その五の姉の家を、宗孝は宣能とともに訪れた。雅平をこらしめるためのからくり細工ができあがったと知らせが入ったからだった。

すでにそこでは、五の姉夫婦に繁成が加わり、ふたりを待ち構えていた。

「やあやあ、期待通りに御仏が完成したのだって？　さすが、この三人が寄れば文殊(もんじゅ)の知恵だな」

上機嫌な宣能に、繁成は迷惑半分、誇らしさ半分の顔をしてみせる。

「猶予があまりなかったからな。満足な出来とはとても言いがたいが、文句は一切受けつけんぞ」

「文句などあろうはずがない。三人の才は本物だと、わたしはちゃんと知っているからね」

「よく言う」

宗孝は雑然とした作業場を見廻し、

「中将さまから計画の一部始終をうかがったときは、また無理難題をとあきれましたが、本当に実現したのですね……」

賞賛のまなざしを五の姉と義理の兄に向ける。照れているのか寡黙になる夫に代わり、五の姉が言った。

「一からあれこれ造るのはさすがに限界がありました。ですので、本憲寺で使うつもりで開発していたものを流用し、これを」

差し出されたのは、金色に塗られた御仏の頭部だった。額には白毫（びゃくごう）、杏仁形（きょうにんぎょう）の目、まっすぐな鼻梁（びりょう）。唇はやや厚みがあり、頰もふっくらとしている。

つい受け取ってしまったものの、宗孝の表情は複雑だった。

「これは……伎楽面（ぎがくめん）ですか？」

大陸から伝わってきた芸能の伎楽では、頭をすっぽりと覆う伎楽面を着用した演者が舞い踊る。だが、宗孝が受け取ったそれは、普通の伎楽面よりさらに大きく、人間の頭の三倍はあった。

ただし、意外に軽い。材質は青銅でも木材でもなく乾漆（かんしつ）――麻布を漆で塗り固めたものだった。

「どれどれ、貸してごらん」

固まってしまった宗孝の手から、宣能は嬉々として巨大仏頭を奪い、ずぽりと自らの頭にかぶせこんだ。結果、首から下は直衣姿で、頭だけ金色に輝く御仏がそこに顕現する。

う、わぁ……と妙な声が出そうになり、宗孝は両手で口を覆った。戦いているのは彼だけで、三人の開発者たちは変化（へんげ）した宣能を真剣な面持ちで見守っている。

「息苦しくはないか」と繁成が問う。

「いいや、全然」

少々くぐもってはいるが、それ以上に楽しげな返事が返ってくる。

五の姉夫婦は互いにうなずき合い、

「身体のほうは間に合いませんでしたが、代わりにこれを」

新たな細工物が登場した。太い帯に支柱がくりつけられ、そこから四本の腕が枝分かれしている。腕はどれも長くたおやか。腕釧（わんせん）と呼ばれる腕輪をはめ、それぞれの手に蓮華の造花、数珠、宝珠などを握っている。これを装着せよということらしい。

「どうだろうか。いや、やりすぎのような気は正直、わたしもするのだが」

繁成は言い訳がましく言ったが、五の姉は、

「そうは申されますが、やはり腕が多めのほうが見映えもよろしいかと」

彼女の夫も小声で「千手観音でないだけましかと」

「まあ、その点はな……」と、繁成が不本意そうに認める。

「装飾の少ない僧形の地蔵菩薩にする手もあったのだが、それだと、ただ頭が大きいだけの僧侶と間違われかねないとの意見が出て、こうなった」

「地蔵菩薩の頭に鹿の角を生やしてみてはと提案したのですけれど、中将さまからも夫からも『さすがにそれは』と大反対されてしまって」

と、五の姉が無念さをにじませる。開発組の中でもいろいろと意見が割れて苦労したらしい。

仏顔の宣能は挙手して「腕、付けたい付けたい」と催促してきた。それを聞いて、繁成はホッとした面持ちになる。

「そうか。では、直接肌に巻くと擦れるから、小袖姿になってもらうぞ」

宣能は即座に応じ、直衣を脱いだ。白の小袖姿になった彼に、繁成と義兄がふたりがかりで腕付き帯を装着させていく。そのままだと帯と支柱が丸見えなので、御仏が身に

まとう条帛(じょうはく)を上からぐるぐると巻きつける。

「どうだ、きつくはないか」繁成の問いに、

「いや、大事ないとも。ほどけないように、しっかり巻いてくれたまえ」

「あいわかった」

たっぷり巻かれて着付けが完了すると、五の姉が解説を始めた。

「腕に関しましては、以前に造りました〈高枝切鋏(たかえだきるはさみ)〉の原理を応用いたしました。腰のあたりに付いた仕掛けを操作しますと、四本の腕がそれぞれ上下に動く仕組みとなっております」

ふむふむと、大きな仏頭が前後に揺れた。

年の差のある夫の学者が言う。

「本当は手動ではなく、風の力で動かせぬかと、腰帯に小さな風車を付けてはみたのですが、うまく動かず……」

仏頭が今度は左右に揺れた。

「いや、手動で充分だろう」

繁成が苦笑して「気に入ったようだな」

「ああ。三面六臂(ろっぴ)ならぬ、でか一面と六臂。悪くない」

本気で悪くないとお考えですかと問い詰めたかったが、宗孝がそうする前に、宣能が

腰帯の装置を動かした。

カシャン、カシャンと金属が触れ合う音が微かに聞こえた。と同時に、宣能の背中から生えた四本の腕が真横に広がり、背景に大きな円を描くようにして上がっていく。

「明かりを」

繁成が指示を出すと、五の姉が近くにあった燈台の柄を握って掲げた。その背後に、義兄が無地の小さな屛風(びょうぶ)を持っていく。屛風に反射された燈台の明かりが、仏頭や四本の腕ばかりでなく、宣能の全身をきらきらと黄金に照り輝かせた。

「うっ、わぁ……」

今度は宗孝も、声に出して戦いてしまった。

浮世離れしすぎて不気味だった。しかし、見慣れた現実から遊離した独特の魅力がないでもない。翼のごとく大きくゆっくりと上下する四本の腕の動きは、数が多い点にさえ目をつぶれば、異国の舞姫がかざす羽衣のように優雅だ。

開発者たちは一様に安堵の表情を浮かべている。腕の仕掛けがきちんと動くかどうかが、彼らにとってはいちばん重要だったのだろう。

「どうかな、どうかな」

ゆらゆらと、腕のみならず腰まで動かす宣能から感想を求められ、宗孝は食いしばった歯の間から声を押し出した。

「……よくお似合いです。似合いすぎて怖いです」

「そうかい。美しすぎると怖くなるとは、よく言うからねえ」

宣能の言を否定できない。こんな綺羅綺羅しい観音菩薩から諭されたら、どんな悪人もすべての罪を認めてしまいそうな気がする。

（きっと宰相の中将さまも例外ではなく、今度こそ尼御前への未練を捨ててくださるだろう。これこそ御仏の力……、なのか？）

首を傾げたくなったが、宣能がここまでやる気になっているのだ。もはや、止められはしない。仏罰におびえる雅平にも、目の前に観音菩薩がどんと降臨したほうが、わかりやすくて効果的には違いない。

（うん。きっと誰の迷惑にもならない。このところ公務でお疲れの中将さまの、いい気晴らしになるだろうし、これでいいんだ。たぶん、いいんだ）

やや混乱気味の宗孝は、無理にもそう思いこんで自分を納得させるしかなかった。


太陽が西の山陰に隠れると、空気は青みがかって、ひんやりとしてきた。雅平は牛車に乗りこみ、こっそりと自邸を出立する。

ぎぃし、ぎぃしと、車体が軋む。いつもとは少々調子の違う音だったが、微かだったため、牛飼い童も従者も気づかない。車中で物思いにふける雅平はなおさらだった。

他人には言えない間柄の亡き女(ひと)を弔うため、わざと地味に仕立てた牛車に乗り、宵闇の中、寺へと向かう――まるで、物語の光源氏(ひかるげんじ)のようではないかと、自分に酔いしれていたのだ。

（ああ、荷葉の尼御前。わたしは夏が来るたびに思い出すだろう。頼りない昼顔の花のごとくはかなかった、あなたとの短い恋の思い出を……）

夜這いをかけて逃げられた苦い経験は、もはや完全に美化されている。尼御前が偽尼で、しかも多情丸のような男の情婦であるとは、夢にも思わない。言われても信じまい。ましてや、この先の夜道のむこうに、腰を振る黄金の菩薩が待ち受けているなどと知る由もない。

突然、がっくん、と車体が揺れた。雅平は車の側面に痛めているほうの肩をぶつけてしまい、うっと息を呑んだ。

「ど、どうした」

「申し訳ありません。牛がいきなり止まってしまいまして」

従者があわてて説明し、牛飼い童は困惑顔で弁解する。

「数日前に、無頼の輩にからまれたときのことを思い出したのかもしれません。どうもあれ以来、臆病になっているようで……」

「なんだと。大丈夫なのか」

打った肩をさすりながら雅平がつぶやくと、従者も不安に駆られたのか、「今宵はお出かけをやめて戻りますか？」と訊いてくる。

とんでもない、と雅平は首を横に振った。

「いや、行く。わたしは行かねばならないのだ。愛のために」

この御主人さまがそう言うからには止められないと、従者のほうもさんざん学習済みであった。牛飼い童も同様で、牛を急かし、どうにか再び牛車は動き出す。ぎっし、ぎっしと車体がまた軋み始めていたのに、誰も気づかない。ましてや、柱に入った細い亀裂など、みつけられるはずがなかった。

しばらくは何事もなく進んでいた。が、都の外へ出て、家屋の数もめっきり少なくなった寂しい道で、牛車がまた停まった。

「どうした。またか」

雅平が問うても、従者からの返答がない。やれやれと吐息をついて、彼は物見の窓から外を覗いた。

「むこうで宣能たちが待っているのだから早く――」

言葉は宙に浮いてしまった。

従者と牛飼い童は、口を半開きにして前方をみつめていた。彼らと同じ方向へ目をやった途端に、雅平の口もぽかんとあきっ放しになる。

一行の視線の先、道の遥かむこうでは何かが金色に輝いていた。

五の姉の家から、一台の牛車が出発する。

学者夫婦が見送ったその車には、宣能と繁成が乗りこみ、宗孝は馬に乗って車の脇に付き従っていた。

ふんふんふーんと、車内から宣能の鼻歌が聞こえてくる。少しくぐもっているのは、仏頭を装着したままだからだ。

牛車は定員四名だが、仏頭が大きすぎて車内はぎゅうぎゅう。三人乗りこむには無理が生じたため、宗孝だけは騎馬でついていくことにした。そのほうが従者代わりにもなった。繁成はむしろ菩薩姿の宣能との同乗を厭がったのだが、仕掛けの保全維持役（メンテナンス）としては同行しないわけにはいかなかった。

本憲寺に向かう途中の道で雅平を待ち伏せ、観音菩薩に偽装した宣能が降臨。物陰に隠れた繁成と宗孝が照明係を担当し、菩薩を煌（きら）めかせる。菩薩は、尼僧に邪恋をいだいた雅平を諫（いさ）め、彼が改心したところを見計らって退場する——といった段取りだった。普通に寺で供養をさせて終わらせればいい気もするが、懲りない雅平に駄目押しをしておきたかったらしい。単に、宣能は観音偽装がしてみたかった、繁成はからくりを造ってみたかった、それだけかもしれないが……。

必ずここは通る。しかも、あたりに民家はなく、木立や藪(やぶ)など目隠しになるものには事欠かない。そんな絶好の場所に牛車と馬を停め、宗孝たちは菩薩降臨の準備にとりかかった。

火のついた松明(たいまつ)を地に挿し、その周囲を白っぽい小屏風で囲って、明かりが差す向きを路上の一点に限定させる。そこに変身済みの宣能を立たせれば、収束した光を浴びて黄金に輝く不気味観音のできあがりだ。試しに光を浴びさせたところ、黙って立っていれば荘厳さに満ち満ち、動き出したら動き出したで、非日常感たっぷりの——不気味さも急上昇するが——なかなかの出来であった。

「よし。では、いったん明かりを隠して。雅平の一行が充分近づいてきたところで、アレに光を当てる。わたしが合図をするから見逃さないように」

繁成が大真面目で指示を出し、宗孝も「わかりました」と大真面目でうなずく。宣能は待機中も、観音らしく見える所作——腕を波打たせたり、腰をひねったり——の研究に余念がない。彼にとっては神仏もまた、物の怪と同じく、焦がれてやまぬ常ならぬモノなのかもしれない。

宗孝は内心あきれつつも、

（中将さまが楽しそうでよかった……かな）

そう思っていた。少なくとも、天魔に攫われることを願って遠い空を見上げられるよりはましだった。

ほどなく、雅平を乗せた牛車がやって来た。

「隠れて隠れて」

命じながら、繁成が道の脇に身をひそめる。宗孝も反対側に身を隠す。宣能は道の真ん中で、仁王立ちならぬ観音立ちになる。光を当てていないので、その姿は宵闇に完全に沈みこんでいた。雅平たちにはまだ気づかれていない。

そろそろか、と宗孝が思ったそのとき、繁成が片手を挙げて合図をした。さっそく、明かりを隠していた覆いを取り去り、路上の不気味観音を照射する。繁成もそれに倣う。

両脇から照らされて、寂しい夜道の中央に、金色に光り輝く観音菩薩が出現した。

当然ながら、牛車は急停止した。牛飼い童と従者が、驚愕の表情を顔に張り付かせて観音を凝視する。遅れて物見の窓から顔を出した雅平も、ぽかんと大口をあけている。つかみは上々、あとは宣能の演技力ひとつにかかっている。

（大丈夫。こういうときの中将さまの度胸は格別だ。きっと、やり遂げてくださるに違いない）

――と宗孝は信じていたのだが。事態は彼らが予想もしていなかったほうへと進んだ。

突然、牛が前足を振りあげ、ぶおおおっと吼えたのだ。目は血走り、鼻孔は広がり、上唇はめくれあがって歯が剥き出しの、ただならぬ形相だった。宗孝は知らなかったが、数日前の一件ですっかり過敏になっていた牛は、光り輝く菩薩を前にして恐慌状態に陥ってしまったのだ。

牛飼い童が牛を落ち着かせようとするが、功を奏さない。それどころか、牛は牛飼い童の制止を振り切り、宣能めがけて猛然と駆け出した。牛に繋がれていた車も、雅平を乗せたまま、かなりの速度で走り出す。

雅平が車中で悲鳴をあげている。牛飼い童と従者は為す術なく、暴走車を避け、そろって地面に倒れこんだ。牛は一直線に観音へと迫る。このままだと、宣能は牛に踏み殺されてしまいかねない。

が、牛と接触する寸前、宣能は繁成のいる側へと跳んだ。咄嗟に受け止めようと両手を広げた繁成に頭からぶつかり、ふたりはごろごろと地面を転がっていく。観音の頭部は外れて、彼らとは別方向の藪の中へと飛んでいってしまった。

「中将さま！」

宗孝は急ぎ、宣能たちに駆け寄ろうとした。が、宣能が顔を上げて、

「わたしは大丈夫だ。それより雅平を」

毅然とした表情でそう告げた。仏頭はどこかへ行ってしまい、背中から生えた四本の

腕は、どれもこれも無惨に折れ曲がっているのにだ。繁成は宣能の下敷きになってうめいているものの、友人の重みに辟易しているだけで大きな怪我はなさそうに見えた。

「はい、わかりました！」

宗孝は木陰に隠していた馬のもとへと急ぎ向かい、その背にまたがって牛車を追った。

全速力で馬を走らせながら、以前、自分もあんなふうに暴走する牛車に乗ったことがあったなと思い出す。あのときは生きた心地もなかった。だからこそ、車中の雅平の恐怖もよく理解できた。

後面の御簾はすでにどこかへ行ってしまい、車中の雅平が丸見えになっていた。必死の形相で車体にしがみついているが、いつ振り落とされるか、わかったものではない。

「宰相の中将さま！」

宗孝は雅平を呼び、騎馬を急かして牛車との距離を一気に縮めた。

「う、右兵衛佐、わたしを迎えに？」

本憲寺で待っている宣能が、よく怪異探しに誘う右兵衛佐を迎えに寄越したと思ってくれたようだ。絶体絶命の雅平には、宗孝が救いの神に見えたことだろう。

「宰相の中将さま、こちらに」

宗孝は疾走する馬を牛車のすぐ近くに寄せ、片手を差し出した。その手にすがろうと、雅平も右手で車体にしがみつき、左手をのばそうとする。が、届かない。

「もっと手をのばしてください」

「む、無理だ」

　雅平は半泣きになって首を横に振った。左肩を痛めていたため、満足に腕をのばせないのだ。

　疲れてきたのか、宗孝の騎馬の速度が急に落ちた。牛車との距離が開き、宗孝の手と雅平の手は、一度も触れ合うことなく離れていく。雅平の顔が絶望に歪（ゆが）む。

「宰相の……！」

　あせる宗孝の後方から、馬の蹄（ひづめ）の音が聞こえてきた。振り返る間もなく、葦毛（あしげ）の馬が宗孝の横を矢のごとく駆け抜けていく。

　乗っているのは、狩衣（かりぎぬ）姿の若者だった。一見、華奢（きゃしゃ）で小柄だが、馬を操るその腕は巧みで、宗孝の馬をあっという間に追い越し、牛車へと迫る。

　宗孝はその横顔をちらりと見ただけだったが、誰かはすぐにわかった。十の君——宗孝の十番目の異母姉で神出鬼没、男装して十郎太（じゅうろうた）と名乗り、ここぞというときにどこからともなく現れては弟を救ってくれる、心強い存在だ。

　十郎太はこのとき、弟に代わって雅平を救おうとしていた。

「宰相の中将さま、こちらへ」

　十郎太は馬上から雅平に呼びかける。雅平も、突然現れた見知らぬ若者に戸惑いながら、なんとか身を乗り出そうとする。

そのとき、牛が大きく道をそれた。車輪がぎゅるると厭な音をたて、車体がはずむ。と同時にばきりと音がして、雅平がしがみついていた箇所がへし曲がり、反動で彼は宙に投げ出された。

雅平が悲鳴をあげつつ虚空を舞う。宗孝も釣られて悲鳴をあげた。

十郎太は宙舞う雅平の後ろ衿（えり）をむんずとつかむや、彼を馬の背に引き下ろした。腹を打って、雅平はうげっと声をあげる。痛かったろうが、地面に激突するよりはましだったはずだ。

からになった牛車を曳いたまま、牛は彼方（かなた）へと駆け去っていった。十郎太は徐々に馬の速度を落とす。宗孝も自分の馬の速度を姉の馬に合わせ、彼女に並んだ。

「姉上、ありがとうございます。何度も何度も助けていただいて……」

感激で感謝の言葉が詰まる。十郎太がにっこり笑って馬を下りたので、宗孝も馬から下り、ぐったりしている雅平を引き取った。

「気を失ってしまわれたのかな？」

「そのようですね」

宙を舞ったときか、馬の背で腹を打ったときかに、緊張の糸が切れてしまったのだろう。

「少し乱暴だったかな」

「いえいえ。姉上が来てくださらなければ、宰相の中将さまのお命はありませんでしたよ。本当に……いくら感謝してもし足りません。でも、あの、姉上」

どこに住んでいるのか。なぜ、家を出たのか。齢七十の父に逢って、安心させてやってはくれまいか。そんな言葉が、ここぞとばかりに口からあふれそうになる。

その気配を敏感に察したのだろう、十郎太はさっと馬に跨がった。

「ではまた」

それだけ言って、馬の腹を蹴り、走らせる。引き止める暇もない。失神した雅平を抱えていたため、宗孝には十郎太を追うこともできない。

(また行ってしまわれた――)

無力感から宗孝はがっくりとうなだれた。

いつもいつも助けてくれるのに、いつもいつも逃げるようにいなくなる姉。頼りがいはあるのに、風のようにつかみどころがない。こんなふうに助けられるばかりで本当にいいのか。身を隠さねばならない事情があるのなら、ぜひ話してほしい。力になりたい。非力な弟と思われているのかもしれないが……。

そんなことをぐるぐる考えていると、雅平がううんとうなって身じろぎをした。

「気がつかれましたか、宰相の中将さま」

呼びかけると、雅平は目をあけ、あたりを見廻した。

「あの者は……」

十の姉の姿を探しているのだと察し、

「十郎太と申します。わたしの姉……、いえ、知り合いで。とは申せ、あまり詳しく知ってもいないのですが、あのように不意に現れては窮地から救ってくれることがたびたびありまして、はい、本当に助かっております」

さすがに家庭内の複雑な事情を明かすのはためらわれ、しどろもどろに宗孝が説明すると、雅平は怪訝そうな顔をした。

「詳しく知らない？」

「は、はい。付き合いは長いのですが、風のように飄々(ひょうひょう)として捉えどころがなく、普段はどこでどう過ごしているのかも定かではないのです。けれども本当に頼りになる者で、あの者にはいつも感謝しかありません」

嘘は言っていない。異母姉だという一点を伏せているだけだ。

雅平は十郎太が消えた方角をみつめ、細くため息をついた。

「なんと不思議な夜だったろうか……。光り輝く何かに道をふさがれたかと思いきや、牛車が突然、走り出し……」

「光り輝く何か」

「まぶしすぎて、輪郭も定かではなかったのだが、あれは物の怪だったのだろうか」

「あ、まあ、そんな感じだったのでしょうねえ」

もっと近づいて会話を始めていれば、観音菩薩と認識できただろうが、その前に牛が暴走を開始したのだから仕方がない。なかったことにしてしまえと、宗孝も、ひとまず雅平に話を合わせる。

雅平の関心はすでに十郎太へと移っていた。

「十郎太がいなければ、わたしはきっと命を落としていただろう。彼は命の恩人だ。女人並に華奢でありながら、颯爽として大胆不敵。疾風のように現れて、疾風のように去っていき、月光の神さながらに美しい。十郎太とは、いったい何者なのか……」

陶然とした面持ちで言の葉を紡ぎつつ、雅平は自らの胸を片手で押さえた。その頰が、見る見るうちに赤みを帯びていく。

「中将さま？　どうされました、胸が痛むのですか？」

怪我をしたのではないかと宗孝は案じたのだが、

「ば、馬鹿を申せ」

指摘された途端に、雅平は顔を真っ赤に染め、声を大にした。

「わ、わたしが、宰相の中将が、男を想って胸の痛みをおぼえるなど、そんなことがあるものか！」

「……いえ、そうは言っておりませんが」

実際、そんな勘ぐりは全然していなかったのだが、雅平の動揺ぶりがあまりにも激しくて、恋愛事にうといはずの宗孝にもピンと来てしまった。

(これは……。まさか、宰相の中将さまは十の姉上に……)

相手の正体を知らぬまま、恋に落ちる。いや、知らぬからこそ甘い幻想が膨らみ、余計にそうなりやすいのかもしれない。ましてや、暴走牛車に揺られた直後なら、心もますます揺れよう。

十の姉の正体を知らずに恋してしまうのは、十二の姉に次いで、これでふたり目だ。さらに雅平の場合、同性に心動かしてしまったと思いこんで狼狽(ろうばい)している。色好みとして宮廷女房たちとさんざん浮き名を流してきた彼なら、そうもなるだろう。

姉だと教えずとも、せめて「十郎太は女ですよ」と告げるべきか。宗孝は迷ったが、

(いや、待て。中将さまならきっと、性別も含めて十郎太の正体は明かすなと言うんだろうなぁ……)

明かせばますます、こじれてしまうからね。楽しげにそう言う宣能の笑顔までありありと想像できた。が、秘密にすればしたで、別の厄介事が持ちあがってきそうでもある。ぬううと、宗孝はうめいた。どうしたものかと苦悩していたところに、宣能と繁成が駆けつけてきた。雅平の従者と牛飼い童もいっしょだ。

「ふたりとも無事か」

「無事なのかい」

繁成と宣能が無事を確認しようとする。

「ああ、牛車から振りおとされたが、かすり傷程度……なんだ、その恰好は」

雅平は小袖姿で烏帽子もなしの宣能を見て、目を剝いた。仏頭と四本の腕を外してきたからだったが、普通ならばあり得ない恰好だ。

「気にしない、気にしない」

と、宣能は強引に言いくるめようとする。繁成もしぶしぶ、彼に調子を合わせた。

「われらは寺から迎えに出たのだが、あー、行き違いになって困っていたところ、道に倒れていた従者たちをみつけたというわけだ」

雅平は疑問に思う様子もなく、

「そうか。そうだったのか。わたしはいろいろあってね。金色に輝く物の怪が突然、現れ、驚いた牛がわたしを車に乗せたまま疾走を始めてしまい――」

その後のことを回想しただけで胸が詰まってしまったのだろう。雅平はああと切なげな声をあげた。

「わたしの弱い心に物の怪がつけこもうとしたのだろうか……」

繁成はただならぬ様子の友人の体調を案じ、

「どうする。邸に戻るか」

「いや、すっかり遅くなってしまったが、とりあえず寺に行って、尼御前の供養を頼みたい。まずは古い恋に区切りをつけねば」

「それはつまり、新しい恋をもう考えているということか。そういう軽佻浮薄なところが災いを招いているのだと、どうして学ぼうとしないのだ」

謹厳実直な繁成はここぞとばかりに責め立てたが、雅平は頭をゆるく左右に振り、

「ああ、いや、新しい恋は……、当分、無理だな。こんな気持ちのままではどうにもならない」

そう言って苦しげな吐息を洩らした。十郎太の面影を振りはらえずに当惑しているのがあからさまだった。

そうとは知らぬ繁成は、雅平も少しは反省する気になったのかと誤解し、驚きに目をしばたたいている。

宣能がこっそり小声で宗孝に「何かあったのかい？」と訊いた。

「ええ、ありましたとも……。あとでお話ししますね」

「ああ。楽しみにしているよ」

本当に楽しみで仕方ないらしく、瞳がきらきらと光り輝いている。もしも菩薩の四本腕を装着したままだったら、喜び勇む犬の尾のごとく、ひらひらと勝手に動いていたか

もしれない。

（……どうしたらいいんだか……）

宗孝は頭を抱えこんだ。しかし、こうまでからみ合った糸は、もはや彼ひとりの手ではどうしようもない。

（儘よ。どうとでもなれ）

心の中でそう吼えて、これ以上、思い悩むことを放棄した。すっかり脱力してしまった宗孝を慰めるように、夜空の星たちは優しく瞬いていた。

真夏の夜の夢まぼろし

一

都の東南のはずれ、賀茂川の近くにその邸宅は位置していた。川から引いた豊富な水で、庭には小島が浮かぶ広大な池が設けられている。もともとは皇太后の父が建てた別邸であった。夏には庭の池での舟遊びがまた格別とのことで、そこはいつしか〈夏の離宮〉と呼ばれるようになっていた。

今日はその〈夏の離宮〉の池に、龍頭鷁首――舳先に龍の、そして伝説の鳥の飾りを付けた二艘の舟が浮かべられていた。龍頭の舟には童舞の舞い手たちが、鷁首の舟には楽人たちが乗りこみ、それぞれに舞と管絃の腕前を披露している。

輝く天冠を黒髪に戴いた舞い手たちは、いずれも公卿の子息たちだ。幼いながらも品のある童たちが広袖を翻して舞うさまは、天上の世界がそこに具現化されたかのよう。池の奥には蓮が大ぶりな白い花を咲かせ、童舞に文字通りの花を添えている。

寝殿を囲む簀子縁ばかりでなく、殿舎を繋ぐ渡殿、庭に置いた敷物などに数多の貴族たちが居並び、童舞で目を、管絃で耳を楽しませている。建物のすぐ内側、廂にも女房たちが控え、御簾の下から色とりどりの衣の裾を見せては、宴にさらなる華やかさを加えている。

寝殿の奥には、この〈夏の離宮〉の女主人たる皇太后——今上帝の実母が座していた。もちろん、彼女の周囲にも裳唐衣に身を包んだ女房たちが大勢、取り巻いている。夏向きの涼しげな配色——瑠璃色や二藍（青紫）、淡い萌黄色などの装束が多いが、唐撫子のような紅系もちらほらと交じり、その場を飾っていた。

若く美しい女房をどれほどそろえようとも、皇太后の威厳には敵わない。帝の孫娘たる女王として生を受け、入内してのちは王女御と呼ばれ、皇子を儲け。その子が帝位についてのちは、国母としてひとびとの尊敬を集めている。この国の女人の頂点に位置する存在と称しても過言ではないのだ。

それでいて、皇太后はひと好きのする朗らかな笑顔を惜しまない。

「愛らしい舞い手たちだこと。けれども、やはり梨壺の姫宮のかわいらしさには敵わないわね」

そう言って彼女が愛情深いまなざしを向けたのは、若女房に抱かれた赤子だった。そのすぐ横には、赤子の実母である梨壺の更衣が座し、穏やかに微笑んでいる。

皇太后にとって梨壺の姫宮は孫になる。ぜひにも新しい孫の顔が見たいと皇太后が言い出し、更衣が宿下がりしているのならばちょうどいい、〈夏の離宮〉で宴を催すので、ぜひにも孫を連れて来てはもらえまいか——というふうに話はとんとんと進んで、今日の宴と相成ったのである。

　当初はささやかなものを想定していたが、いつの間にか数多の殿上人(てんじょうびと)を招いての大がかりなものとなった。簀子縁の席には遣(や)り手の右大臣がすわっている。近衛中将(このえのちゅうじょう)といった宮廷の花形たる貴公子たちの姿も見える。さながら帝の行幸(ぎょうこう)並みだ。

「そういえば、更衣には舞の上手な弟君がいるそうですね」

　童舞を鑑賞しているうちに思い出したのだろう。皇太后は更衣の異母弟の話題を口にした。

「どうかしら。このあと、ひと差し舞ってもらっては」

　突然の勧めに、更衣は困ったように小首を傾(かし)げた。

「あ……。それが、弟は少々遅れて参るそうで」

「あら。では、夜の宴には間に合うかしら」

「ええ、それでしたらば。ですが、弟は恥ずかしがり屋ですから、皇太后さまの前では気後れしてしまって動けなくなるやもしれませんわ」

「そのように怖がらずとも。獲(と)って食いはしませんのに」

　ころころと無邪気な少女のように笑って、皇太后は更衣の反対側の席に目を向けた。

「ねえ、そうでしょう？　東宮(とうぐう)」

几帳に囲まれた小柄な人影が、「はあ……」と曖昧な返答をする。小柄なのも当然で、彼、東宮は数えの十三歳。髪を角髪に結った元服前の少年だ。今上帝の第一皇子で、皇位継承者。皇太后には孫になる。

「どうかしたの？　いつも闊達なあなたらしくない。梨壺の女房たちが美人揃いなので、あなたこそ気後れしてしまったようですね」

いえ……と言葉少なに応える東宮に、皇太后は微苦笑を浮かべた。

「元服もまだ迎えていないあなたには、管絃の宴も退屈かしら。本当はあなたの母御を招いていたのだけれど」

うつむき、もそもそと東宮が言った。

「母はこのところ病がちで」

だからこそ、女御の息子であるこの少年が、母親の名代として皇太后の近くの席に着いていた。

「そうらしいですね。あの弘徽殿の女御が病に臥せるとは、まさに鬼の霍乱……おっと」

口を滑らせ、あるいは滑らせたふりをして、皇太后は檜扇で口もとを覆った。

弘徽殿の女御は帝の最初の妃であり、後宮内でも最も重きを置かれている。重臣の右大臣を兄に持ち、実家の発言力は揺るぎない。彼女が産んだ第一皇子はすでに東宮の地位に就いている。いわば、未来の皇太后だ。

一方、女御に比べれば、更衣の身分は明らかに格下だった。父親は権大納言だが、娘の入内に伴って特例として昇格したようなもので、齢も七十過ぎ。権力を掌握してどうこうといった野心もない。更衣が産んだ御子も女児で、皇位争いとは無縁だ。

ただし、帝の愛情は更衣ひとりに注がれていた。五節の舞姫として舞台にあがった彼女を帝が見初め、入内となった経緯がある。お仕着せではない、自分自身が選んだ妃だからこそ、思い入れも格別になる。

気位の高い弘徽殿の女御にとっては面白い話ではない。皇太后もそのあたりの事情は知っていて、

「わたくしはね、更衣と女御の仲立ちができればと思っていたのですよ。帝の寵を競う者同士、なかなか難しいことでしょうけれど、後宮の安寧を図るには、やはり妃同士が手を携えていくべきかと」

「わたくしもそう思いますわ」

更衣は慎ましやかに頭を下げた。もとより争い事を好まぬ人柄で、彼女のほうから弘徽殿の女御に対し、含むところはなかったのだ。

ただし、更衣に仕える女房たちまで同じ気持ちとは限らない。現に、姫宮を抱いていた女房——更衣の同母妹の小宰相などは、弘徽殿の女御の名が出るたびに小鼻をひく

つかせている。

それもそのはず、弘徽殿の女御は嫉妬心から、梨壺の更衣に対して再三、無体なことを仕掛けてきたのだ。更衣が姫を産んだため、いまでこそ女御側も安心して少々おとなしくなったが、いつまた攻撃を再開させないとも限らない。梨壺の女房たちが警戒するのも当然であった。

更衣はそんな周囲の心情を踏まえた上で、東宮に優しく声をかけた。

「ご病気のお母上に、どうかお身体(からだ)を大切にしてくださいますよう、お伝えくださいね」

几帳のむこうから、うむとも、ああともつかぬ返事がする。本当に恥ずかしがり屋さんなのねと、更衣が誤解するのも無理からぬことだった。

庭の木陰に設けられた席に、四人の近衛中将たちが並んでいる。そのうちのひとり、癒しの中将とも呼ばれる有光(ありみつ)は、熱心に童舞に見入っていた。

「童舞か。やはり、いつ、こういう席に呼ばれるかわからないのだから、吾子(あこ)にも早いうちから舞を習わせねばなるまいな」

子煩悩丸出しの独白に、独身の雅平(まさひら)がさっそくからんでいく。

「やれやれ。有光はまだ歩けもせぬ子を舞わせようとするのか。気の早いことよ」

「子を持てば雅平にもわかるよ」

「いや、子を持つ前にまずは……、いや」

普段の雅平なら、ここで調子に乗って恋だの愛だのと、自分の恋愛遍歴を得意げに語り出しただろう。しかし、彼はそうせずに眉宇を曇らせ、

「まあ、ひとそれぞれなのかな……」

珍しく殊勝なことをつぶやいた。有光はびっくりして隣の席の繁成に小声で耳打ちする。

「どうかしたのか、あれは」

繁成も困った顔をして浅くうなずいた。

「うん、まだ引きずっているらしくてな」

「まだ？　ああ、荷葉の尼御前の件か」

有光は一転していたずらっぽい笑みを浮かべ、寝殿へと目を向けた。彼の視線の先、簀子縁と廂を隔てる御簾の下からは、女房装束の裾がずらりと何人分も覗いている。

「大丈夫。御所とはまた違った女房たちがあれだけ並んでいるのだから、雅平もまた新しい恋をみつけるとも」

有光の楽観的な言に、繁成も「そうだな」と苦笑する。

「むしろ心配なのは……」

「ああ……」

有光と繁成、ふたりの視線が向けられたのは、四人目の近衛中将、宣能だった。

背すじをきれいにのばした宣能は、夏の暑さを一切感じさせぬ涼やかな装いで、まるでひとりだけ風を受けているかのような佇まいで座している。それを麗しいと見るか、人間味に欠けていると見るかは、ひとにもよろう。宣能との付き合いが長い有光と繁成は、いささか不安に感じていた。

簀子縁の席にいた右大臣がこちらを見て、わかりやすく口角を上げる。宣能は無表情のまま、右大臣に対して一礼する。それ自体は奇妙なことでもなんでもないのだが、この親子のどこかぎこちない間柄を知っている者たちにしてみれば、違和感がぬぐえない。

繁成が気を遣って宣能に声をかけた。

「父親の目があると、やはり気が張るものかもな」

宣能の表情がふっと緩んだ。

「——まあ、あのひとはどうせ、夜にはお帰りになるだろうから」

宴は夜も続く予定だったが、その頃には帰宅する者も多くなる。宣能が言っているのはそのことだった。

「宣能は宿泊するのか？」

「そのつもりだとも。父といっしょに帰宅するなど、ぞっとする」

問題ある発言をさらりと口にしてから、

「繁成は？」

「わたしは……東宮次第だな」

繁成はやんちゃな東宮の御目付役を前々から仰せつかっていた。

「あちらが残るおつもりなら、わたしも残って目を光らせておかないと。女御さまの名代をおとなしく務めるかたとは思えないし。有光は？」

「そうだねえ。吾子が寂しがっているだろうから、あまり遅くならない刻限にお暇しようかな」

「雅平はどうする？」

宣能が訊くと、雅平はえっとつぶやいて振り返り、

「ああ……。成り行き次第かな。早く帰ったところで何もないが、騒がしいだけの席に居残っても、それはそれで……」

煮え切らない答えをして、ため息をつく。いつもの彼ならば、絶対に居残って女房たちにちょっかいを出すはずなのに、ずいぶんな変わり様だ。――が、いずれ時間が解決し、もとの色好みに戻るのだろうと、三人の中将たちは達観していた。

宣能は宴席を見廻し、

「右兵衛佐の姿がないな。来ると言っていたのに」

「もしかして、ここでも彼と物の怪を探して廻るつもりなのかい？」

有光に言われて、宣能は怪訝な顔をした。

「もしや、〈夏の離宮〉にも物の怪が出ると？」

「おや、知らなかったのか。まあ、わたしもつい最近、知ったのだけれどね。吾子の世話をしている新参女房が一時期、〈夏の離宮〉にいたそうで、そのときに聞いた話だそうなのだが……」

宣能がずいっと身を乗り出してきた。

「その話、詳しく聞かせてもらおうか」

貴公子然ととりすましていたときとは打って変わって、目が少年のように輝いている。

〈ばけもの好む中将〉は、物の怪話を絶対に聞き逃しはしなかった。

従者たちと呼吸を合わせ、宗孝はよいせっと気合いを入れて牛車を押した。牛のほうも、ウモッと荒い息を発して轅を曳く。

ぬかるみにはまっていた車輪がようやく回転し、牛車は乾いた地面にどうにか乗りあげることができた。牛飼い童と従者たちが、いっせいに安堵の歓声をあげる。

牛車の中から、いちばん年の近い十二の姉が顔を出し、

「やったわね、宗孝」

と、弟の労苦をねぎらった。

宗孝は額の汗をぬぐって牛車に乗りこんだ。さっそく、牛車は動き出す。皇太后主催の宴が催されている〈夏の離宮〉を目指して。

「すみません、手間取って」

「ううん、全然」

十二の姉――とある筋からは真白（ましろ）と呼ばれている彼女は、首を横に振った。

「もうあちらでは宴が始まっているでしょうから、むしろゆっくり行きましょうよ。途中から入っていくのもばつが悪いし」

そう言ってもらえると、宗孝も気が楽になった。実際、招待客は大勢で、右大臣や近衛中将まで来るという話だから、若輩の宗孝や、更衣の世話係でしかない真白が遅れていったところで、誰も気にはすまい。

邸（やしき）を出発したときには、更衣や姫宮、他の女房たちを乗せた牛車数台といっしょだった。ところが運悪く、宗孝たちの牛車だけがぬかるみにはまってしまったのだ。

皇太后を待たせるわけにはいかないと、更衣たちには先に行ってもらい、宗孝と真白は路上に残った。最初、従者たちだけで牛車をぬかるみから出すべく奮闘していたのだ

が埒が明かず、とうとう宗孝も加わって車輪を相手に格闘することになった。幸い、装束に目立つ泥はねなどはついていない。

「〈夏の離宮〉って名前を聞くだけでも、わくわくするわね。どんなところかしら。宗孝は行ったことがある？」

「いいえ、さすがに行ったことはありませんが、聞いたところによると、庭の池が湖のごとく広々として、舟遊びに最適なのだとか。きっといまごろ、その池に龍頭鷁首の舟を浮かべて、舞や管絃の遊びなどが始まっているのでしょうね」

「あら、じゃあ、舞に間に合うように急ぎましょうか」

さっきとは真逆のことを言い出し、真白は御簾越しに外へ指示を出した。

「疲れているところをごめんなさい。なるべく早く牛を進めてくれる？」

畏まりましたと牛飼い童も快く応じ、気持ち、牛の歩みが速まった。だが、長くは続かず、やがて元のゆったりとした速度に戻っていく。牛飼い童が急かしても、牛はのんびりと鳴くばかり。

それでもいいかと、宗孝もあえて何も言わない。

（牛車は暴走しないに限るとも――）

牛車でさんざん苦労させられた、彼ならではの感想だった。

「本当に、もうお帰りになるのですか？　宴はこれからですのに」

皇太后付きの女房が追いかけてきたが、東宮付きの従者に進路を阻まれ、長い廊(ろう)の途中で立ち止まる。従者はすまなさそうに頭を下げ、

「申し訳ありませぬが、東宮さまは大層お疲れで」

東宮自身は同じ年頃の小舎人童(こどねりわらわ)の肩にすがり、袖で顔を覆っていた。お疲れぶりを懸命に装っていたのだ。

「でしたらば、離宮の一室でお休みになられたほうが……」

顔を隠したまま、東宮は頭を横に振った。小舎人童の小桜丸(こざくらまる)もいっしょになって首を振り、主人の気持ちを代弁する。

「陽(ひ)が落ちる前に東宮御所のほうへお戻りになりたいと仰せなので」

「そうですか……」

そう言われると、女房のほうも引き下がらざるを得ない。

「では、お帰りの道中、どうかお気をつけて」

うむうむと幾度もうなずき、東宮は小桜丸と従者を引き連れ、中門へと向かった。ホッとした小桜丸が、歩きながら小声でささやく。

「どうにか切り抜けられそうですね。よろしゅうございました。更衣さま付きの女房た

ちの中に真白さまの姿は見当たりませんでしたが、だからといって気は抜けませんし」

「うむ。真白には逢いたいが、わたしの身分を知られるのは困るからな」

東宮は、宗孝の十二番目の姉に恋をしていた。彼女に真白という呼び名を授けたのも東宮だ。

しかし、東宮自身は真白に自分の身分を明かしていない。春若とだけ名乗り、一切の情報を伏せている。

最初は、御目付役の目を盗んで忍び歩きをしているのを悟られないためだった。いまやそこに、別の理由も加わっている。真白に萎縮されては困る、素のままの自分を受け止めてもらいたい——そう熱望したがゆえだった。

そして東宮は、いや、春若は素性を隠したまま、真白に熱心に恋文を送り続けた。なかなか本気にしてもらえなかったが、とにかく押しまくった。その成果がわずかながら見え始めたところで、春若の母、弘徽殿の女御が息子の幼い恋に勘づいた。

真白は梨壺の更衣の異母妹である。女御にとっては、夫を奪った憎い女の妹。この上、息子まで奪われてはたまるまい。

春若にとっても、あの怖い女御の息子だと真白に知られて、得るものは何もない。なおさら、身分を明かすわけにはいかなくなっただけだ。

いま、春若は真白に文を送るのも控え、ひたすら堪え忍んでいる。息をひそめ、真白との恋を育んでいけるときを待っているのだ。

言うほど容易くはない。春若はまだ童だが、真白はいつ結婚してもおかしくない年頃だ。しかも、真白は十郎太という怪しげな男に惹かれているらしい。

時を待っているうちに、真白は別の男のものになってしまうかもしれない。早く大人になりたい。だが、大人になれば、春若には問答無用で決められた結婚が待っている。従妹の初草との政略結婚が。

おとなしいばかりの初草には、正直、関心がない。とはいえ、彼女との婚儀は避けられない。初草の父、右大臣の要望を退けるのは、今上帝ですら難しいのだ。

春若の母も、我が子と姪が結ばれるのを希望している。そうすることで実家の権勢が盤石なものとなるのだから当然だ。

(なんと障害の多い恋であることか……)

改めて、前途多難だと実感してしまう。ふうと重いため息をついた春若の歩みが、唐突に止まった。彼に肩を貸していた小桜丸は、戸惑って目をしばたたく。

「どうされ……、あっ」

春若が見ているものを小桜丸も目撃し、事態を理解する。従者のほうはわけがわからず、きょとんとしている。

中門の近くに牛車が一台、停まり、中から若い男女が降りてくるところだった。男は右兵衛佐宗孝、梨壺の更衣の弟だ。そして、若い娘のほうは――真白だ。

春若はくるりと向きを変え、廊を逆走し始めた。小桜丸も春若といっしょに走る。事態が呑みこめない従者は出遅れてしまい、きょとんとした顔で取り残される。

春若と小桜丸は一気に廊を駆け抜け、ひと気のない北側の坪庭に飛びこみ、植込みの後ろにしゃがみこんで身を隠した。はあはあと荒い息をつきつつ、

「な、なぜだ。なぜに突然、め、目の前に真白が」

「わ、わかりませんが、遅れての到着だったようです。さ、幸い、お顔は見られていないと思うのですが」

「見られていない。ほ、本当か」

「はい。はい。たぶん。おそらく。きっと」

小桜丸はぎこちなく何度も頭を縦に振り、春若の不安をやわらげようと努力した。けれども、その甲斐なく、ふたりの頭上から声がかかる。

「春若君」

春若たちは声がしたほうを反射的に振り仰ぎ、そろって息を呑んだ。植込みの上から、真白がふたりを覗きこんでいたのだ。

「やっぱり。追いかけてみてよかった」

真白はその名の由来になった白い肌をうっすら赤く染め、息をはずませていた。春若

をみつけた瞬間に追いかけてきたらしい。

「久しぶりね、春若君。どうして〈夏の離宮〉に？」

問われても、春若は答えられずに、小桜丸と手を取り合ってがたがたと震えている。

ついに正体がばれた。これでもう真白との秘やかな恋は終わってしまう。そんな真っ黒な絶望に、春若の視界は塗り潰されていく――

「あ、わかったわ」

真白は両手を合わせてパンと打ち鳴らした。

「やっぱりあなた、どこぞの公卿の御曹司なのね」

「はっ？」

春若があげた怪訝そうな声を聞き流して、真白は続けた。

「お父上か誰かが皇太后さまの宴に招かれて、あなたもそのお供としてここに来た――ねっ？　そうでしょ？」

黒化が進んでいた視界が急速に晴れていく。それでも春若が答えかねていると、

「あっ、無理に言わなくてもいいわ。秘密にしたいのよね？」

真白はにっこりと笑って小首を傾げた。上気した頰に、淡紅色の装束に包まれた肩に、つやのある黒髪が触れ、流れていく。春若の視界はいまや明るい光に満ち、その中心に真白が立っていた。

逢いたい、逢いたいと切望していた真白が、光に包まれ、目の前にいる。いったんは逃走しかけた事実も忘れ、春若は陶然として彼女をみつめた。

（ああ、わたしの真白はなんと愛らしいのだ……）

弘徽殿の女御の手前、文を出すことさえ長らく控えざるを得なかった。その甲斐もなく、とうとう素性がばれたかと思いきや、どうにか繕えそうな流れが来ている。降って湧いた幸運が信じられず、春若は身震いをした。

「ま、真白は……」

「わたし？　本当は梨壺の更衣さまといっしょに来るはずだったのよ。けれども、牛車がぬかるみにはまって手間取って。知っているわよね。更衣さまはわたしのお姉さまだって」

「あ、ああ……」

春若は文や贈り物を、更衣のもとにいる真白に届けている。知らないはずはない。

「童舞はもう終わったかしら。ちょっと残念。春若君も童舞が終わったから帰るところなの？　あ、ひょっとして、舞い手のほうだったとか？」

「いや、違う。舞い手ではない……。少し気分が悪くなったので、早めに帰ろうかと……」

「そうなの？　それは残念ね」

春若の瞬き（まばた）が激しくなった。彼の傍らでは、小桜丸がぐっと両の拳を握りしめ、無言の声援を送っている。

春若は舌先で唇を湿らせ、慎重に言葉を選んで質問した。

「真白は、これから宴に加わるのか。夜は？　泊まるのか？　それとも宵には帰るのか？」

「更衣さま次第だけれど……。たぶん、泊まりになるんじゃないかしら」

「で、では――」

「もっとゆっくり話していたかったけれど、具合が悪いのなら引き止められないわね。残念だわ。でも、顔を見られただけでもよかった。気をつけて帰ってね」

あ、あ、と春若は息をあえがせた。小桜丸までも悲愴（ひそう）な顔をしている。

この機を逃すわけにはいかない――そう感じ、春若は顔全体にぐっと力をこめて声をふりしぼった。

「ま、真白が離宮に泊まるのであれば！」

立ち去りかけていた真白が足を止め、目を瞠（みは）る。小桜丸の拳にいっそうの力が入る。

春若はすっくと立ちあがった。彼がいくら背すじをのばしても、残念ながら真白のほうが身長が高い。それでもめげずに、春若は言った。

「夜に、逢えないか。南庭の池のほとりで待っている。もっと真白と話したい。訊きたいこともある」

大胆に踏みこんでいく春若を前に、小桜丸は喜びを抑えきれず、無言で身体を揺すり出す。真白は少し考えて、

「そうなの？　でも、更衣さまや姫さまのお世話をしなくちゃならないから、刻限の約束まではできないわよ。それでもいいの？」

「構わない。待っている」

食い気味に即答する春若に、真白も笑って、

「わかったわ。じゃあ、また今夜ね」

「ああ、また今宵（こよい）」

手を振りながら、真白がもと来たほうへ廊を戻っていく。春若も彼女の姿が見えなくなるまで手を振り続けた。

しばらくして、うずうずしながら小桜丸が言った。

「やりましたね、東宮さま」

「おお。天は我々を見捨ててはいなかった！　——わかっているだろうが、真白の前では絶対に、わたしのことは春若君と呼ぶのだぞ」

「はい。重々承知しております、春若君」

うむうむと春若がうなずく。次第に目尻が、頬の筋肉がゆるみ、やがて、ははは と快

活な笑い声がその口からほとばしった。小桜丸もいっしょになって、あはあはと笑い出す。〈夏の離宮〉を訪れて以来、背を丸め、袖で顔を隠し、戦々恐々としていたのが嘘のようだ。

笑う少年たちのもとに、ようやくふたりを探し当てた東宮付きの従者がやってきた。

「こちらにおいでてでしたか、東宮さま。では、中門へ……」

春若はさっと片手を挙げて従者を制した。

「無用だ。気分が悪くて牛車には乗れそうにない。というわけで、どこぞの部屋で休ませてもらいたいと、離宮の女房に伝えて欲しい」

胸を張り、毅然とした態度で休息の場を要求する。言動がまるで一致しておらず、従者は困惑していたが、春若は気にしない。彼の心はすでに、今宵の逢瀬への期待で満たされていた。

やっと〈夏の離宮〉に到着し、牛車を降りた途端に、十二の姉、こと真白がいずこかへ駆けていってしまった。

いったいどうしたのだろうと宗孝が戸惑っていたところへ、しばらくして真白が戻ってきた。息をはずませ、上気した頰には笑みが広がっている。

「どうかしたのですか、十二の姉上」

「秘密よ、秘密」

そう言った端から、真白は楽しそうに秘密を打ち明けてくれた。

「あのね。春若君をみつけたの」

想定外の名前を告げられ、宗孝はうっと息を詰まらせた。

「は、春若君が？」

「ええ。誰かのお供でここに来ていたみたいね。逃げようとするものだから、つい追いかけてしまったわ。馬鹿よね。素性を隠したいのなら、わたしだって無理に知ろうとはしないのに」

どこかの上つかたの御曹司が、窮屈な暮らしを厭（いや）がって、小舎人童とともに遊び歩いている——そんなふうに真白は想像しているのだ。大すじ、間違ってはいない。

真実を知っている宗孝は困惑を隠すため、はははと乾いた笑い声をあげた。

「そうですか、春若君がこの〈夏の離宮〉に。なるほど、なるほど」

「それでね、泊まるのだったら夜に逢えないか、ですって。言うわよねえ。背のびしたい年頃なのね」

くすぐったそうに真白が言う。本気にはしていない反面、慕われて嬉（うれ）しくないわけでもないらしい。

真白は、結婚するか、それとも宮仕えに出るべきかと、将来についていろいろ思案している最中だった。上に十一人も姉がいて、さまざまな女の生きかたを見聞きしているために、悩みがかえって多くなってしまったのだ。

いつだったか、「知らない殿方と顔を合わせることもあるので、宮仕えは怖いような気がする」と言っていたが、それもいつしか「春若君のおかげで平気になってきたみたい」に変化していた。文や季節の贈り物を春若から送られるたびに、宮仕えに出るとこんなふうに殿方が接してくるのかと想像できるようになったのだとか。いわば、宮廷生活の下稽古なのだそうだ。きっと、逢瀬の約束もその延長線上にあるのだろう。

（大丈夫なのかな……）

不安にもなるが、宗孝にはどうしようもない。むしろ、そろそろ春若君が東宮だと、十二の姉にも知ってもらったほうがよいのではないかと思ってしまう。当然、驚くだろうし、知っていたのになぜ教えなかったのかと責められもするだろうが、「中将さまから黙っているように命じられた」で押し通すしかない。実際、その通りなのだから。

（まあ、なるようになれだ）

宗孝は雅平のときのように、考えることを放棄した。

ちょうどそのとき、裳唐衣をまとった夏の離宮の女房がふたり、しずしずとこちらに歩み寄ってきた。

「お待たせいたしました。ご案内しますわ。更衣さまのお付きのかたは、どうぞこちらに」

「右兵衛佐さまはこちらに」

真白は更衣のもとへ、宗孝はほかの男性貴族たちもいる南庭の席へ、それぞれ案内されるようだ。

「じゃあ、またあとでね」

真白が離宮の女房に連れられていってしまう。その場に残ったいまひとりの女房は、檜扇でずっと顔を隠していた。扇のむこう側から、鈴を振るような耳に心地よい声で、

「南庭へはそちらのほうから入っていただけましょうか」

と告げ、片手を水平に上げて道を指し示す。

「はい、わかりました」

南庭のほうからは、ずっと楽の音が流れていた。

(宴はもう始まっているのだから、静かに入っていかねばな)

気を遣いつつ南庭に向かう宗孝に、離宮の女房がすれ違いざまに言う。

「またあとでね、宗孝」

「えっ？」

官職ではなく名を呼ばれて宗孝は驚き、はじかれたように振り返った。

女房はすでに宗孝に背を向け、廊を歩き始めている。後ろに長く引きずった薄い裳裾が、さらさらと小川のせせらぎのように細かく揺れている。

女房がくすっと笑って、一瞬だけ肩越しにこちらを振り返る。その顔を見た途端、宗孝はあっと声をあげた。

「じゅ、十の姉上……！」

くすくすと笑いつつ、離宮の女房——十の姉こと、十郎太は去っていく。宗孝は驚きすぎて、彼女のあとを追うこともできない。ハッと我に返ったときにはもう、女房姿の十郎太は廊の奥に消えてしまっていた。宗孝はあとを追いかけて踏みとどまった。

（ああ、そうか。十の姉上は……、皇太后さまの密偵のようなことも以前、やっていらしたな……）

とにかく謎の多い異母姉だったのだ。どのようにして皇太后と繋がりを持ったのか、そのあたりも謎のままだった。しかし、今日は「またあとで」と言ってくれた。

（ひょっとしたら、今夜、そのあたりも含めていろいろ話してもらえるのかも）

淡いながらも期待が胸に湧いてくる。ならば、ここは「またあとで」と言ってくれた姉の言葉を信じようと、宗孝はおのれの胸を押さえ、にこにこしながら南庭へと向かった。

南庭では管絃の宴が続いていた。皆の視線は船上の童舞に向いていたので、宗孝がこっそり入っていっても誰も振り向きもしなかった。宣能をのぞいては。

同僚の中将たちと並んで庭の席に座していた宣能は、宗孝をみつけるや、さわやかな笑顔を向け、紙扇を微かに振ってくれた。

(あれ？　ひょっとして機嫌がよろしい？)

宗孝も彼に小さく手を振り返してから、敷物の端にそっと身を置いた。

(宴席には父も出席するから気が進まない、そんなことを聞いたような気がするのだけれど……)

宗孝は簀子縁の席にいる右大臣にちらりと目を向けた。あちらは御所でときどき見かけるときと同じく、宮廷を牛耳る権力者の余裕を自然に身にまとっている。右大臣が近くにいるときの宣能は大抵とり澄ました顔をして、心を覆い隠している感があるのに、その点がいつもと違う。

宗孝は首を傾げた。正直、違和感がある。が、宣能が上機嫌ならば、それはそれで喜ばしいことには違いなかった。

船上で、楽人が火焔形の大太鼓を打ち鳴らし、笛を吹き、笙を奏でる。童舞も奏楽も見事ならば、池の奥で咲く白い蓮も清らかで美しい。

極楽浄土そのままの世界をまのあたりにしていると、あれこれ考えるのも無用な気がしてしまう。

（そうだとも。何はともあれ、今日はいい一日になりそうだ――）

このときの宗孝はとても楽観的になっていた。今宵起きるさまざまな出来事を知る由もなく。

二

空に赤みが差し、太陽が西の山陰に傾いていく。〈夏の離宮〉に招かれていた殿上人たちも、その多くが牛車に乗りこみ家路に就き始めていた。

梨壺の更衣とその一行は皇太后に引き止められ、宿泊することになった。もとより、そうなるであろうと予想済みではあった。皇太后が梨壺の姫宮にすっかり夢中になっていたからだ。

「姫を抱いてもよろしいかしら、更衣」

「もちろんですわ。姫も喜びます」

更衣の言を受け、小宰相が小さな姫宮を皇太后に手渡す。祖母とわかるのか、皇太后に抱かれて赤子はきゃっきゃと明るい声をあげた。

「本当にかわいらしいこと」

皇太后もなおさら笑み崩れ、赤子を腕の中で揺らしてしみじみとつぶやく。

「伊勢に下っていった姫を思い出すわね。あの子もよく笑う、健やかな子でしたから……」

伊勢の斎宮（さいぐう）になった内親王のことだ。皇太后の姫君にして、有光の息子の母親でもある。

新しい命をいだいて、遠く離れた肉親を懐かしむ。いくつもの糸が交差して、それぞれの胸を温かいもので満たしていく。

そんな微笑ましい光景を、宗孝は御簾越しに見守っていた。宴がひと通り終わってから、彼は更衣の弟として皇太后に呼ばれ、廂の端に身を進めさせてもらえたのだ。

（あとで癒しの中将さまに、皇太后さまが斎宮さまのことを口にしていらしたと教えてさしあげたいな……）

そんなことを考えていると、急に皇太后が「梨壺の弟君？」と宗孝を呼んだ。ハッとして顔を上げる。御簾越しながら皇太后と視線が真っ向からぶつかり、畏（おそ）れ多さに戦（おのの）いた宗孝はがばりとひれ伏した。

「それほど堅くならずとも」

皇太后が笑いを含んだ口調で言う。

「主上（おかみ）の前で舞を披露したとの話は聞いておりますよ。どうかしら、ここでもひと差し、舞ってみては」

いきなり舞を所望され、宗孝は大いにあわててしまった。

「わたしの舞など……。童舞のあとでは、なおさら見劣りがいたしましょう」

「まあ、本当に恥ずかしがり屋なのね」

くすくすと、微かな笑いが皇太后付きの女房たちの間からも起こった。宗孝は耳まで赤く染める。更衣付きの女房はいっしょになって笑っていいものかどうかと困った顔をしている。小宰相だけは片眉をぴんと吊りあげ、弟を厳しい目で睨みつけている。

そんな中、更衣が助け船を出してくれた。

「申し訳ありません、皇太后さま。弟は華やかな席に慣れておりませんで」

「まあ残念。では、今日のところは見逃してあげましょう。でも、いつかきっとね」

はっ、とさらに平伏し、宗孝は逃げるように皇太后の前から退いた。羞恥に身体をわななかせながら簀子縁を早足で進み、渡殿でようやく足を止めて、柱にしがみつき息をつく。ごく短時間の対面ながら、ぐったりと疲れてしまっていた。

(顔見知りの梨壺の女房たちならともかく、知らない女人があんなに大勢いる前では無理だぁ……)

専女衆の舞台では舞えたくせにと責められそうだが、あれは緊急の事態だったのだから仕方がない。それだけ恥じらっていても、宗孝は皇太后付きの女房たちの顔をこっそり見廻し、十郎太の姿がないことだけは確認していた。十郎太も、顔を知られている更衣や小宰相にみつからないよう、気を配っているに違いない。

ふと見ると、渡殿のずっと先で右大臣と宣能が立ち話をしていた。こちらに気づいたふうでもない。右大臣が他の帰宅組にまぎれて離宮から退出しようとしているのを、宣能が見送っているふうだった。

宣能の顔に笑みはない。それでも、文句のつけようのない優雅な身のこなしで、

「お気をつけてお帰りくださいませ、父上」と父親に頭を下げる。

「ああ。初草に、なぜ兄を連れ帰らなかったのかと責められそうだがな」

右大臣からやんわりと皮肉っぽく言われても、宣能は応えない。それは右大臣も想定内だったようで、

「今宵の離宮には若い女房が大勢いる。ゆるりと羽をのばすがいい。公務ばかりで遊ばぬと、ひとはそのうち毀(こわ)れかねずともいうからな」

訳知り顔でそう告げ、息子の肩を扇の先で軽く叩(たた)き、中門のほうへと歩いて行く。その間、宣能は頭を下げたまま、微動だにしなかった。伏せた顔もきっと仮面のごとく無表情であろうことが、宗孝にも容易に想像できた。

ようやく顔を上げ、宣能がくるりと方向を変える。次の瞬間、彼は宗孝をみつけて、パッと表情を変えた。明るく破顔し、小走りにこちらへ駆け寄ってくる。

「右兵衛佐、ちょうどよかった。きみにぜひとも聞かせたい話があったのだよ」

「え？　どんなお話なのですか？」

「飲みながら話すとも。さあ、おいでおいで」

宣能に肩を押されて、宗孝は西の対へと連れていかれた。対屋の奥行きのある廂の間は、几帳や衝立障子で細かく仕切られ、それぞれの場でもう宴会が始まっていた。宗孝が連れこまれたのは、三人の中将たち――繁成、雅平、有光のもとだった。

「父を見送ってきたぞ。さあ、これでやっとくつろげる」

宣能は円座にすわるや、通りかかった若い女房を呼び止めて、酒の追加を所望した。女房は畏まりましたと一礼し、裾を器用にさばいて厨へと向かう。

「有光から聞いたのだがな」

酒が来るのを待たずに宣能が切り出すと、有光が律儀に訂正した。

「わたしは吾子の世話をする女房から聞いたのだけれどね」

宗孝は宣能と有光を交互に見て、ああ、はい、とうなずいた。繁成はこれから語られる話をすでに知っているらしく、微苦笑を浮かべている。雅平は関心がないと見え、だるそうに脇息にもたれかかっている。

「なんと、この〈夏の離宮〉には語るもおぞましい怨念話が隠されていたのだよ」

おぞましいと言う割りに、宣能の声ははずんでいた。反対に宗孝の顔はひきつる。

「――そう来ましたか」

いつでもどこでも、どんな美女よりも怪異譚が大好き。だからこそ、〈ばけもの好む中将〉などという渾名がついてしまっている。皇太后さまの離宮でもそれをやりますか、と言いたくなったが、宗孝は賢明にもその気持ちを押しとどめた。

「知っているだろうが、この離宮はそもそも、皇太后さまの父君が建てたものだ。そのずっと以前には、もっと小さな邸があって、とある殿上人が家族とともに暮らしていたらしい。池も、その頃からあったとか。邸の主人は妻との間に、ふたりの姉妹を儲け、穏やかに日々を送っていた。ところが——あるとき、それが一変する」

宣能は切れ長の目の奥に、愉悦の色をにじませて言った。

「邸の主人は妻を愛するあまりに浮気を疑い、嫉妬から彼女を惨殺したのだよ」

「惨殺……！」

刺激的なその単語を思わずくり返した宗孝は、凶々しさに身震いして両手で口を覆った。彼の反応に、宣能は満足げに目を細める。

ちょうどそこに、先ほどの若い女房が酒器を携えて戻ってきた。宣能はまったく気にせず、過去の血塗られた出来事を語り続ける。

「彼は妻の死体を庭の池に沈め、自らの凶行を隠蔽した。家の者たちには、適当なことを言って言いくるめたのだろうね。まだ幼かった姉妹は、母親の死の真相を知らぬまま育っていった。やがて、年頃になった娘たちのもとに、当然だが次々と縁談が舞いこんでくる。ところが、それが父親の狂気を再び刺激したわけだよ。ある夜のこと、彼は我が子である姉妹を斧(おの)で惨殺。その直後、庭の木で首をくって自ら命を絶ったという」

「う、わぁ……」

むごすぎる結末に、宗孝はそう言うしかない。居合わせた女房もおびえつつ、手を震わせて盃(さかずき)を新しい物と交換していく。

「その後、邸は次々と所有者が替わり、やがて皇太后さまの父君たる宮が買いあげた。宮は池に臨む広々とした大邸宅を造り、しばらくは何事もなかったのだが……」

「ま、まだ何か?」

「ああ。姫君、つまりいまの皇太后さまが美しく成長されるにつれ、怪しい人影やうなり声、不気味な物音などが邸内で夜な夜な聞こえてくるようになってねえ」

「それはつまり、若い姫君がいることに刺激され、妻の不貞を疑った前の持ち主の怨念が甦(よみがえ)ったからだと!」

にやりと宣能は笑った。

「そう考えるのが自然だな。そんな話を、きみ、同僚から聞いたりはしていないかい?」

宣能が急に女房に問いかけた。女房はびっくりして、大きな目をいそがしくしばたたく。

「わ、わたしは新参者なので……、あ、でも」

「でも？」

期待に目を輝かせ、宣能が女房のほうへ身体を傾ける。女房は恥ずかしそうに片袖で顔を隠し、

「同僚らしき後ろ姿を見かけて追いかけていきましたら、簀子縁の角を曲がった途端に相手の姿が消えてしまった――という話でしたら、古参のかたからうかがいました。ときどき、あることなのだとか」

「ほらね。夫に殺された妻か、父に殺された姉妹の霊だかが、いまでもこの離宮をさまよっているのだよ。きみ、教えてくれてありがとう」

宣能に礼を言われ、女房は顔を赤くして逃げるように立ち去っていった。そんな光景を見た有光が、

「珍しいね。雅平よりも先に宣能が若い娘に声をかけるなんて」

おのが名を耳にした雅平が「うん？」とつぶやき、顔を上げる。

「ああ、考え事をしていたよ……。十七、八くらいなのかな。蘇芳色(すおう)（赤紫）の女房装束が似合って、なかなか愛らしい女房だったが、いまのわたしの眼中にはまるで入らない……」

繁成が「矛盾しているぞ」と指摘するも、雅平は聞き流して新しい盃を手に取った。

いつもの無駄な生命力が明らかに減退している。それとは反対に宣能は、

「うん、給仕役の新参女房ですら、なかなかの器量。今宵、この〈夏の離宮〉には美しい女房たちが大勢集められ、若い殿上人たちは気もそぞろだ。夜がふけていけば、きっとあちらこちらで恋の矢が交錯するだろう。色恋沙汰に過敏な怨霊にとっては、さぞや腹立たしかろうな。嫉妬の念が再燃し、暴れ出さないとも限らない」

満面に笑みをたたえて、不吉な予言までしてしまう。

――広い池のほとりで若い男女が陽気に戯れていると、どこからともなく凶悪な殺人鬼が現れ、邪淫(じゃいん)の罰だとばかりに斧で血の粛清を決行していく。そんな物騒な想像が、いやに鮮明に宗孝の脳裏を駆け抜けていった。

「すごく迷惑な話ですね！」

「いや、ものすごく心躍る話だとも」

悪趣味ながら、宣能は生き生きとしていた。他の中将たちは宣能の悪癖を知り尽くしているためか、いまさら異議は唱えない。すでに宣能の世話を宗孝に丸投げしているのだ。

宗孝は動揺を鎮めようと盃に手をのばし、そこでふと気づいた。

「盃の数がひとつ多い……」

この場には四人の中将と宗孝の計五人が集っていた。なのに、盃は六つある。宗孝の

背中をすうっと冷たいものが流れ落ちた。

「も、もしや、あの女房にはここにいないはずの六人目が見えていたとか……」

「単に間違えたのだろう」と繁成はもっともらしいことを言ったが、宣能は、

「そうか。〈戦慄の夜〉はもう始まっているのだね」

ふふふ、ふふふと愉悦のあまり忍び笑いを洩らす。父親の監視から解き放たれて、いつも以上に怪異に対して前のめりだ。

「というわけで、右兵衛佐、今宵は怨霊を求めて〈夏の離宮〉内を探索してみようではないか」

ほら来た、ほら来たと宗孝は戦き、無駄とは重々承知でささやかな抵抗を試みた。

「危険すぎはしませんか？　いますぐ離宮を退出するか、それが無理であれば、一室に籠もって念仏を唱えつつ、おとなしくしていたほうが……」

「何を言っているのだい。虎穴に入らずんば虎児を得ず、だよ。それとも、きみはこんな特別な夜を無為に過ごそうというのかい？　生涯、後悔しかねないよ？」

「違う意味で後悔しそうです……」

「結句、どちらに転んでも後悔するのなら、迷うこともあるまい。いざ往かん、怪異の探求へと。亡者のうめきに夜な夜な響く怪音、忽然と消える人影。その根源が血塗られた過去にあるのだとしたら、見極めねばなるまい。われらがここに集ったのも宿命とい

うもの。神秘と怪奇の領域へ踏みこまずして、どうするというのか」

拳を握りしめて、宣能は冒険への熱い意欲を力強く明言した。こうなると、もはや手がつけられない。

救いを求めて宗孝が宣能以外の中将たちを見廻すも、彼らからは露骨に目をそらされてしまう。他の席の殿上人たちはにぎやかに歓談中で、この微妙な空気に気づいてもいない。

おわぁ、おわあぁと、宗孝は月に吠える猫のように心の中で哀しくあえいだ。まさか、ここに来てまで、かような目に遭わされるとは。華やかな場での楽しい宴席を期待していただけに、喪失感は大きい。

「まさか、いやとは言わないだろう？」

断られるとは微塵も思っていない、そんな顔を向けられて、宗孝は返事に窮した。

本当は断りたい。いい加減にしてくださいと怒りたい。そう思うと同時に、なぜか右大臣の姿がふっと脳裏に浮かんだ。宮廷の権力者の、低く魅力的な声も耳に甦ってくる。

——公務ばかりで遊ばぬと、ひとはそのうち毀れかねずともいうからな。

（……右大臣さまも、ああ見えて実はちゃんと、父として中将さまのことを案じておられるのかも。ひょっとして、ひょっとしたら、わたしがあそこにいると気づき、『息子を頼む』との意味合いをこめて言ったのかも……）

まるっきり見当違いであったかもしれない。だが、いったんそう考えると、そこから離れられなくなり、負わなくてもいい責任まで感じてしまう。こうなると、宗孝も身動きがとれない。逆の立場ではあるが、怪異に囚われるや何も見えず、猪突猛進になる宣能を責められなかった。

手にした盃の中身を一気に飲み干して、宗孝は酒くさい息とともに言った。

「お、お供いたします……」

「よし、決まった。では、ここにいる見えない六人目の盃も、景気づけにどうかな」

宣能が無邪気に盃を勧める。宗孝は全身に鳥肌を立て、全力でそれを辞退した。

(やれやれ、気の毒に……)

そうは思うがどうもしてやれないと割り切って、繁成は宣能と宗孝のやり取りを冷静に眺めていた。彼には彼の案件があり、そちらで手いっぱいだったのだ。

小さなため息をついて盃を置き、繁成は腰を上げた。

「さて、わたしはちょっと東宮さまの様子を見てくるかな」

「ああ、従弟どのも来ていたのだっけか」

と宣能が言う。彼の父と東宮の母が兄妹で、ふたりは従兄弟同士だった。

「もうとっくに帰ったと思っていたが」

「帰りかけたそうなのだが、御気分が優れないとかで離宮の一室で臥(ふ)せっておられる。御目付役として、この顔を見せに行かねばなるまい」

　本当に気分が悪くて寝ているのなら、こちらは楽なのだが、実は偽装ではないかと繁成は秘かに疑っていた。そういうことをやりかねない東宮なのだ。

（しかも――）

　繁成はちらりと宗孝に視線を向けた。

（彼の姉にずいぶんと執着しておられるからな）

　梨壺の更衣付きの女房として、問題の姉が離宮に滞在していることは、繁成も気づいていた。幾棟もある殿舎が渡殿や廊で繋がれた大邸宅では、同じ屋根の下と言いがたいものの、燃えやすい薪(たきぎ)のすぐそばに火種が用意されているようなこの状態は、警戒せざるを得ない。

　にぎやかな宴席からそっと抜け出し、繁成は静かな北の対へと向かった。その一室で、東宮――春若は小舎人童の小桜丸だけをそばに置き、臥せっているはずであった。が、

「どうですか、御気分のほうは」

　そう尋ねつつ部屋に入ると、春若は小桜丸と夕餉(ゆうげ)の膳を囲んでいるところだった。狩衣(かりぎぬ)も着たまま、膳の上の食事はもうほとんどが片づいている。

「食が進んでいらっしゃるようですね。まずは安心いたしました」

「う、うむ。だが、少し身体が熱っぽいようでな」

「それはいけません」

近づき、熱を計ろうとのばした繁成の手を、春若はあわててはらいのけた。

「いや、気がするだけだ。構わずともよい」

「ですが、万一ということも。大事をとって、横になっていてくださいませ」

「寝ろと申すか」

春若はたちまち不満げに口を尖(とが)らせた。

「まだ宵のうちではないか。あまりに早く横になると、逆に夜中に目が冴(さ)えてしまうぞ」

「ええ、そうですね。だからといって、離宮の探検になど出ないでくださいませよ」

ぎくりと擬音がしそうなほど、春若の顔がひきつった。やはり、と繁成は警戒の色を強める。

(ここはひとつ、釘(くぎ)を刺しておかねばなるまい)

御目付役としての義務感から、繁成はおもむろに声をひそめ、ここに来る途中で思いついた作戦を開始する。

「こう申しあげますのは、宮さまの御身を案じているからなのです。実は、この離宮にまつわる、よからぬ話を耳にしまして」

「よからぬ話？」

「ええ。なんでも、その昔――」

ずっと昔、この地に住んでいた殿上人が妻とふたりの娘たちを惨殺した話を、繁成はわざと淡々と語って聞かせた。事件が悲惨なだけに、言葉で飾る必要はどこにもなかったのだ。案の定、春若も小桜丸も恐怖で真っ青になる。

「いまも……妻子を殺した殿上人の障りがあるのか」

「ええ。そのようなことを離宮の女房も申しておりました。同僚らしき後ろ姿を見かけて追いかけていくと、相手は忽然と消えてしまうのだとか。さらにその話をしてくれた直後、五人しかいない席に六つの盃が届くといった怪事まで発生し」

「なんと！」

「おそらく、給仕役の女房には、そこにいないはずのもうひとりが見えていたのでありましょうね……」

最後だけは余韻を持たせてみる。しん……となった場で、春若と小桜丸は不安そうに互いの目を見合わせている。繁成は駄目押しが効いたことを確信した。

「ですから、みだりに離宮の中を歩き廻らぬほうがよろしいかと存じます。さまよえる霊たちが何をしでかすか、わかったものではありませんからね。御用がおありでしたら、女房なり、わたしなりに命じてくださいませ。では、ひとまずこれで。またあとで参りますから」

素っ気なく言って、繁成が急ぎ足で退室したのは、こみあげてくる笑いを必死にこらえていたためだった。

——御目付役がいなくなるや、

「くどくどと、うるさいやつめ」

春若は繁成への不満と、抱えこんだ恐怖心をまとめて吐き出すように、ことさら荒い口調で言った。小桜丸は怒りで恐怖をまぎらわすこともできずに、まだ震えている。

「斧で妻子を殺して自害した怨霊……。あれは本当の話なのでしょうか……」

「何を言う。嘘に決まっているではないか。わたしの動きを封じるために、あのような作り話をこしらえたのだ。やつの考えそうなことよ」

「作り話でしたか」

小桜丸はホッと胸をなでおろした。

「考えましたね。さすがは知恵者と名高い頭の中将さま」

「ふん。だが、いかに賢いあやつでも、わたしと真白がすでに逢瀬の約束を交わしているとは思うまい」

ふっふっふと春若は余裕の笑みをこぼした。主君の大胆さに感化され、小桜丸も怖さを忘れてうふふと笑った。繁成の作戦も悪くなかったのだが、恋の魔力の前に恐怖も長続きはしなかった。

「真白に逢ったなら、まずは十郎太のことを問い質してだな」

「それはいかがなものでしょうか、春若君」

「ぬ？」

「貴重な逢瀬のひとときです。他の男の話はひとまず置いて、ひたすら甘い言葉を捧げたほうが有意義ではありませんか？」

「ぬう……。言われてみればそのような気もするな。そういえば、真白のあのぼーっとした兄も、あのふたりは男女の間柄になれない、恋と勘違いしているだけだと申していたが……」

「いちばん身近な兄君がそう言うのでしたらば、なんの心配もいりませんとも。十郎太とやらのことは忘れて、今宵は一生の思い出となるような、甘い特別な夜にいたしましょうよ」

「小桜丸め。そなた、いいことを言うなぁ」

褒められた上に、肘でぐりぐりと脇腹をつつかれて、小桜丸はきゃっきゃとはしゃぎ声をあげた。

「よし、では、真白が来ていないか、池まで様子を見に行ってくるか」

すぐにも外に出ていこうとする春若を、小桜丸はあわてて引き止めた。

「まだ早過ぎますとも。もう少し、もう少し待ちましょう。いま出ますと、頭の中将さまにみつからないとも限りません」

「うむむ。……くやしいが、小桜丸の申す通りだな」

とはいえ、はやる気持ちを抑えかね、春若は窓辺に寄って半蔀(はじとみ)に両肘をつき、外を見渡した。残念ながら、そこからは寝殿が邪魔をして南庭が見えない。池のほとりに真白が来ているかどうか、確認できないのだ。

「ああ、真白。もう少し、もう少し待っていておくれ」

久しぶりの逢瀬への期待に、春若は幼い胸を熱くする。そんな彼を、軒先に下がった釣燈籠(つりどうろう)が優しく照らし出していた。

皇太后の腕の中で、梨壺の姫宮が眠そうにぐずり始めていた。

「まあ、姫宮はもうおねむなのね」

惜しがりつつ、皇太后が赤子を女房に手渡す。その様子を母親の更衣はもちろん、幾人もの女房たちが微笑ましく見守っている。真白と小宰相の姿もその中にあった。

燈台(とうだい)の柔らかな明かりが照らす中、皇太后と更衣の会話が続く。

「更衣はいつ頃、後宮に戻るおつもりかしら」

「まだ決まってはおりませんが、それほど先ではないかと」

「そうでしょうね。主上も早く我が子の顔を見たいでしょうし。けれども、後宮暮らしは窮屈ではなくて？」

「いいえ。わたくしも早く主上にお逢いしたいですし」

「まあ、お熱いこと。でも、わたくしも女御だった時代、ときどきはこの〈夏の離宮〉に宿下がりして羽をのばしていましたから、それほど窮屈とも感じなかったような気も……」

皇太后は檜扇を優雅に揺らして、くすくすと思い出し笑いをこぼした。

「息抜きは大事ですよ。もっとも、わたくしが昔していたようなことを更衣に真似されては、きっとわたくしが主上に叱られてしまいますわね」

「まあ、どのような息抜きをされていたのでしょう」

「秘密ですよ、秘密」

そう前置きして、ひそひそ声で話しこむ。嫁と姑がまるで年の近い女友達のように意気投合していた。やがて皇太后のほうが気を利かせて「つい話しこんでしまいましたね。お疲れになったでしょう。女房たちに部屋を用意させますわね」と切り出した。

さっそく離宮の女房たちが、更衣とその女房たちを東の対屋へと導いていく。

長い廊を移動しつつ、真白はちらちらと南庭の池へと目をやっていた。前栽や築山、池に張り出した釣殿などもあり、すべてが見渡せるわけではないが、いまのところ春若はまだ来ていないようだ。

「あら、何を気にしているのかしら。ひょっとして、宴に来ていたどなたかと逢瀬の約束でもしているとか？」

十一番目の姉の小宰相に耳打ちされ、真白はきゃっと小さく声をあげた。

「まあ、図星？」

「ち、違います。からかわないでください」

年は近いのに、ずっと大人びた小宰相にからかわれ、真白は顔を赤く染める。小宰相は無邪気に笑っている。

東の対屋では、真白に小さな局が割り当てられた。小宰相は局を覗くなり、

「ここは狭すぎない？　わたしといっしょに更衣さまの近くで休んだほうがよくはない？」

と勧めてくれたが、夜中に部屋を抜け出すことが前提になっている真白には、ひとりのほうがありがたく、

「狭いほうが落ち着きますから」と丁重に断った。

「そうなの？　まあ、ここも悪くはないけれどね」

小宰相もなんだかんだと言って真白の局が気に入ったのか、円座を引き寄せて腰を据える。ふたりともにくつろいできたところで、

「そうだわ、十一の姉上。姉上なら宮廷の事情にも詳しいでしょうから、お訊きしたいのですが」と真白が切り出した。

「まあ、何かしら。わたしにわかることだといいのだけれど」

「上つかたの御子息で、数えの十二、三歳くらい。角髪に結った元服前の元気溌剌とした童に、お心当たりはありませんか？」

いつか訊いてみようと思っていたことを、いい機会だからと尋ねてみる。小宰相は小首を傾げ、

「十二、三歳くらいの童……。そうねえ、東宮さまがちょうどそれくらいのお年だけれど」

「東宮さまが？」

「ええ。でも、元気溌剌というのは当たらないかしら。あの弘徽殿の女御さまに甘やかされて、大層わがままなかただと聞いていたのだけれど、皇太后さまの前に出られた東宮さまは、まるで内気な小猫のように几帳の後ろに隠れ、袖でずっと顔を覆って言葉数も少なく、話とはまるで違っていたわ。きっと、女御さまの御威光がなければ何もできない気弱なかたなのね。それとも、あの強烈な御母上に必死に抗っている、実は繊細な

かたなのかも。どちらにしろ元気潑剌とは言いがたかったわ。それに、御気分が優れないと言って途中で退席されたから、お身体のほうもきっと弱いのね。もう東宮御所のほうに帰られたのじゃないかしら」

「なるほど、そうでしたか」

帰ったのであれば東宮さまは違うわね、と真白は思った。

「あとはそうね、よくは知らないけれど、堀河中納言さまの御次男とか、式部卿宮さまの三の君とか……」

幾人かの名前が挙げられた。真白がそれらを心の中に書き留めていると、離宮の女房が局の前を通りかかった。

「ねえねえ。あちらに置いていた、わたしの唐衣見なかった？」

呼びかけてすぐに女房は口に手を当て、

「あら、ごめんなさい。同僚と間違えてしまいましたわ」

「探し物ですか？」と、小宰相が彼女に訊いた。

「ええ、今日はひとが多い上に、物もあちこちに動かされているものだから、なかなかみつからなくて。困ったわねえ」

また別の女房が通りかかった。今度は本当に顔見知りだったらしく、

「ねえ、あなた、わたしの唐衣を知らない？」

女房が尋ねると、むこうは足を止め、首を横に振った。

「知らないわ。どこかに置き忘れ……あっ」

急に目を見開いて黙ってしまう。どうかしたのだろうかと皆で彼女の視線の先を追うと、簀子縁の端がなぜか濡れていた。たったそれだけのことなのに、

「もしかして、噂のあれが……」

女房が真っ青な顔をしてつぶやく。

「ちょっと。おやめなさいよ、よその女房がたの前で」

同僚の女房があわてて彼女を制したが、遅かった。

「あらあら何かしら。気になりますわ。教えてくださらない？」

好奇心の強い小宰相が、ここぞとばかりに食いついていく。最初はためらっていた離宮の女房たちも、本当は言いたかったらしく、

「あまり広めていただきたくはないのですけれど……」

「実は、こちらの邸には昔から奇妙な出来事が……」

ふたりともに、ぼそぼそと声をひそめて語り出す。

あ、これは怖い話だ、と察し、真白は両手で自分の耳をふさいだ。聞きたいけれども、いま聞くと春若との待ち合わせができなくなってしまいそうだった。

「怖い話なら、いまは聞かないでおきますわ。明日、明るくなってから教えてください

ね、十一の姉上」

噂を聞くのも話すのも大好きな小宰相は「はいはい、わかったわ」と、ふたつ返事で承知する。真白は耳をふさいだまま、彼女たちの会話の邪魔にならないようにと急いでその場を離れていった。

飲酒は控えめにし、小腹を満たしたところで、宗孝と宣能はそっと宴の席を立った。

「本格的な捜索はもっと夜がふけてからとして、まずは情報収集だよ。さきほどの女房から消える人影の話を聞き出せたように、もっとたくさんの逸話が聞き出せるかもしれない」

宣能がそう言い出したのである。

「では、わたしは吾子が待っているからそろそろ帰るよ」

帰ろうとする有光に続いて雅平も、「なら、わたしも……」

立ちあがりかけたのを繁成が引き止めた。

「有光は仕方がないとして、特に用がないのなら、ゆっくりしていったらどうだ。わたしは残らざるを得ないし、かといって怪異探しに付き合うつもりも毛頭ないから、酒の相手をしてくれないか」

あるいは、雅平がしおれているのを見かねて誘ったのかもしれない。雅平は少々逡巡したのち、「そういうことなら」とすわり直す。

宗孝と宣能は宴会場を離れて、まずは厨を目指した。その途中でも、酒や肴を運んでいた女房をみつけては、宣能が「ちょっといいかな」と呼び止め、質問する。

「この離宮で、奇妙なモノを見たり聞いたりしたことはないかい？」

大抵の女房が困った顔をして、首を横に振った。給仕にいそがしいし、勤め先のあれこれをよその者に洩らすのがためらわれたのだ。それでも中には、宣能に声をかけられて舞いあがり、進んで話してくれる女房はいた。厨や侍所でもそこそこの聞き込み成果を得て、宣能は御満悦だった。

「うんうん、どうやら有光の言ったことは本当だったようだな」

「急に消える人影、どこからともなく聞こえてくる不気味な物音、雨も降らぬのに濡れる簀子縁、ですか……」

特に、忽然と消える人影に関しては複数の証言が得られた。怪異譚が信憑性を増してきて、宗孝は宣能とは逆に、ますます顔色が悪くなっていく。それでも、お構いなしに、

「よし。では、次は南庭に出てみよう」

宣能は宗孝を南庭に連れ出した。星空のもと、池に浮かぶ龍頭鷁首の舟には大太鼓

だけが残され、いまや無人だ。それはそれで趣のある光景なのだが——過去の事件を知ったあとでは、見る目も変わってくる。

（妻子を殺した殿上人は庭の木で首をくくったというが、それはどの木だろうか。ふっと見上げたそのときに、枝からぶら下がった人影など見てしまったらどうしよう……）

庭に立った宗孝はつい、そんなことを考えてしまった。考えただけでなく、実際に口に出したらしく、

「うん。どの木だろうねえ」と楽しそうに宣能が言った。

「あ……。わたしはまた、独り言を言っておりましたか」

「言っていたとも。そういう、自分とはまた違う見かた考えかたが知れて、だから面白いのだよ。右兵衛佐との夜歩きは」

そう言われて嬉しいような、恥ずかしいような。後者のほうがやや優り、返事に窮しているとふと思い出し、

「そうだ。言いそびれていたのですが、昼間、十の姉とここですれ違いました」

「ここで？　離宮で？」

「はい。皇太后さまに仕える女房として、ちゃんと女の姿をしておりましたよ」

「そういえば、十の君は皇太后さまと繋がりがあるのだったね。そうなった経緯までは知らされていないが……」

「もしかしたら、今夜、そのあたりも聞かせてもらえるかもしれません。いい機会なので、十二の姉にも本当のことを告げてほしいのですけれど」

「ああ、姉妹の名乗りをあげてほしいということか。十二の君はきっと驚くだろうねえ。素敵な殿方だと憧れていた十郎太が実は女で、しかも自分の異母姉だと知ったら……。十の君も、それでいいと？」

「あ、ですから、まだちゃんと話せていないのです。すれ違いざまに、またあとでねと言われただけで。その約束も反故にされるやもしれませんが……」

何しろ、十の姉そのものが風のように気まぐれだから――そんな懸念をいだく宗孝の背後から、唐突に声がかかった。

「そんなところで何をしておいでですか？」

宗孝と宣能が同時に振り返る。池に張り出した釣殿へと通じる廊の上に、いつの間にか女房がひとり立っていた。涼やかな瑠璃色の装束をまとい、檜扇で品よく顔を半分隠し、こちらをみつめてにこやかに微笑んでいる。

「十の姉上！」

宗孝は急いで彼女のもとへと走り寄った。

「いまちょうど、姉上の噂をしていたところでした。よかった、本当に皇太后さまのもとにいらしたのですね」

「ずっというわけではないけれど。たまたま、御縁があって」

檜扇の陰から、十郎太は謎めいたまなざしと言葉とを投げかけてくる。

「いったい、どのような御縁なのですか。そもそも、姉上はどうして家を出て、十郎太などと名乗っているのです。いまはどちらにお住まいですか。皇太后さまとの御縁とは——」

ここぞとばかりに矢継ぎ早に問いかける弟を、十郎太は廊から優しく見下ろしている。

「前にも言った気がするけれど、宗孝、世の中には知らないほうがいいこともあるのよ」

「そうかもしれません。ですが、水くさくはありませんか。それに、知らないと余計に悪い想像をしてしまいます。十の姉上なら大抵のことは自力で切り抜けていかれましょうとも。ですが、父上はもう齢七十を過ぎておりますし、このところ腰を痛めて、少々弱気になっております。ぜひ元気な様子を見せて、父上を安心させてやってはくださいませんか」

「父上を持ち出してくるなんて、困った弟ね」

十郎太は眉尻を下げ、宗孝の提案を検討するように視線をそらした。だが、返ってきた返事ははかばかしいものではなかった。

「どうしても確かめたいことがあるの。でも、それをまわりに悟られたくなくて。わたしひとりで動くほうが身軽だし、いざとなれば皇太后さまのもとに逃げこむこともできるから、そんなに気にしなくてもいいのよ。むしろ、あなたや姉上たちのほうが心配で――」

「それはその、不甲斐ない弟で申し訳ありません……」

いつも助けられてばかりの宗孝は反論できなくなり、もそもそと口ごもった。そこに、宣能が進み出ていく。

「少し、いいかな。わたしにも十の君に訊きたいことがあるのだが」

「ええ、どうぞ中将さま」

十郎太の許しを得るや、宣能はすぐさま質問をぶつけた。

「昔、むごたらしい事件がこの邸で起こり、いまもそのときの怨霊がさまよっていると聞いたのだが、事実だろうか」

そっちですか、と宗孝は頭を抱えた。十郎太はすました顔で、

「この邸に関してでしたら、皇太后さまの御許しがないと迂闊なことは申せませんわ」

「なるほど、いい心がけだ」

宣能は納得したと見せかけ、さらに食らいついてきた。

「しかし、ちらりと見かけたことぐらいはないかな？　庭木の高い梢にぶら下がる首吊り死体とか、池の底をゆらゆら漂う腐乱死体とか、斧でめった斬りにされた姉妹の死体

とか」

「まあ」

死体まみれの質問に、十郎太はおびえるどころか面白がって、ころころと笑った。

「噂通りの〈ばけもの好む中将〉さま。お答えはしかねますが、運が良ければ、今宵それらしき怪事と遭遇できるやもしれませんわね」

否定もせず、肯定もせず、十郎太は女房装束の裾をさばくと、唐突に対屋のほうへと駆け出した。

「あっ、待ってください十の姉上」

宗孝は廊に沿って庭を走った。が、長袴を穿いた十郎太のほうが速く、宗孝はどんどん引き離されていく。

「まだ何もうかがっておりません。姉上、十の姉上」

数々の怪異がささやかれる〈夏の離宮〉で、宗孝は懸命に十郎太を追いかけていった。あの後ろ姿が目の前でふっと消えてしまったらどうしようと、頭の片隅で案じながら。

「飲み過ぎたようだ。ちょっと酔いを冷ましてくる」

いっしょに飲んでいた繁成にそう告げて、雅平は西の対の外に出た。

簀子縁から星空を望み、ふうとため息をつく。次に、ふらふらと当てもなく歩いてみる。

西の対は渡殿で寝殿と繋がっていた。北側には北の対。南側には長い廊が延び、その先は中門、釣殿へと通じている。雅平は廊の入り口近くで立ち止まり、柱にもたれかかって、またため息をついた。

（いったい、わたしはどうしてしまったのだ――）

どこにいても、何をしていても、心から離れない。どこからともなく颯爽と現れ、窮地から救い出してくれた十郎太の面影が。優しげであると同時に凜として、たおやかなくせにその腕は力強く、誰とも違う空気をまとった不思議な彼。

気がつくと十郎太のことばかりを考えている。そんな自分が雅平には信じられなかった。

女人は大好きだが、同性は正直、どうでもいい。恋と友情と栄達と、どれかを選べと言われたら、迷わず恋を選ぶ。それが自分なのだと、いままで疑いもしていなかったのに、なぜこうなったのか。

もう一度、十郎太に逢いたい。逢って、この気持ちは何かの間違いだったのだと証明したい。そう願う一方で、自分はただ彼に逢いたいだけではないのかとも思う。逢ったらどうなってしまうのか、知るのも怖い。

（しっかりしろ、雅平。宮廷一の色好み、光源氏の再来とも言われたわたしが、こんなことでうろたえて、どうする。あ、いや、光源氏も空蟬の弟の小君と怪しげだったような……。待て、それとこれとは違う話だろうが）

雅平は廊の柱にすがって激しく頭を振った。勢いをつけすぎて目がくらむ。

「無様だぞ、雅平」

わざと声に出して自身に言い聞かせ、くらんだ目をつぶって、額を柱にぐりぐりと押しつけた。

「おまえは四人の近衛中将の中でも、最も華麗にして罪深き男。数多の女人との恋を嗜み、尼僧との禁断の道にすら臆しはしなかった。それがどうした、いまの体たらくは。目を、目を醒ますのだ、雅平！」

そのとき、釣殿のほうから誰かが廊を走ってきた。かぐわしい風が、ふわりと雅平のすぐ横を駆け抜けていく。

何者だろうと目をあけた雅平は、裳唐衣に身を包んだ上臈女房を目撃し、息を呑んだ。一瞬、垣間見えた女房の横顔は、脳裏から離れぬ十郎太の面影に瓜ふたつだったのだ。

「じゅ、十郎太！」

こちらの声が聞こえなかったのか、女房はそのまま寝殿のほうへと駆けていく。雅平もわけがわからぬまま、彼女を追おうとした。が、突然、背中に強い衝撃を感じ、雅平はその場に顔面から倒れこんでしまった。

「待ってください、十の姉上！」

廊を走り出した十郎太を追い、宗孝も走る。

廊の南端は西の対の簀子縁に繋がっていた。十郎太がそちらに行ったのを見て、宗孝も簀子縁に上がりこむ。その直後、いきなり進路に飛び出してきた人影に、宗孝は激突した。

うわっと悲鳴をあげつつ、相手といっしょに床に転がる。宗孝の下敷きになって倒れたのは、宴の招待客と思（おぼ）しき直衣（のうし）姿の男だった。

「も、申し訳ございません」

謝りつつ、顔を上げたときにはもう、十郎太の姿は見えなくなっていた。彼女を追うのはいったんあきらめ、宗孝はぶつかった相手を抱き起こそうとして、うげっと声をあげる。

「さ、宰相の中将さま……」

ううんとうなりつつ、雅平が目をあける。

「大事ありませんか、宰相の中将さま」

「あ、ああ……」

雅平は打って赤くなった額に手を当て、身を起こした。ぼうっとした表情で周囲を見廻し、力なくつぶやく。

「いまのは幻か……。ついにわたしは十郎太の幻まで見るようになってしまったのか……」

ぎょっとした宗孝は、なんとか言い繕おうと声を張りあげた。

「あ、いえ、いまのは皇太后さま付きの女房です」

「女房？　本当に？」

「ええ、そうですとも。こんなところに十郎太がいるはずがないではありませんか」

冷や汗をかきつつ、嘘をつく。声は裏返っているし、瞬きも不自然に増えて、上手な嘘とはとても言えない。それでも、雅平は——特にいまの彼は、拍子抜けするほど簡単に信じてくれた。

「そうだな、十郎太のはずがない……。だから……」

突如、雅平はカッと目を見開いた。

「わかったぞ！」

ただでさえ派手な目鼻立ちをしている顔面に急に力がみなぎり、気圧(けお)された宗孝は思わずその場に尻餅をついた。じりじりと後退して雅平から距離をとりつつも、訊かずにはいられない。

「な、何がでしょうか」

「すべての謎が氷解したのだよ。なぜ、わたしはこんなにも悩み、苦しみ、迷っていたのか。わかってしまえば、なんの不思議もない。わたしの運命の相手はあの女房だったのだ。だからわたしは、彼女に瓜ふたつの十郎太にときめいてしまったのだ」

「えっ？　あっ？」

「な、右兵衛佐もそう思うであろう？」

雅平は宗孝の返事を待たずに熱っぽく述懐する。

「は、はあっ？」

「そうとも、でなければこの宰相の中将が男に心乱されるはずがない。わたしはきっと今宵の運命的な出逢いをどこかで予感していたのだ。それで彼女によく似た十郎太に惹かれ――ああ、そう考えればすべてに得心がいこうぞ」

「……そうですか。それはようございました……」

本当にいいのか、と宗孝は自問したが、否やを唱えるのも違う気がしたのだから仕方がない。少なくとも、気の毒なくらい気落ちしていた雅平が、いまや生き生きと輝いている。後ろ向きよりは前向きになってくれたほうが、見ているほうも気持ちがいい。

(いっそこの機に、あれはわたしの姉ですと言ってしまおうか……。うん、中将さまには怒られるかもしれないけれど、やっぱり言ったほうがいい気がする)

決心し、宗孝が告白しようとした寸前、いつの間にか背後に忍び寄ってきた宣能に、がっしりと肩をつかまれてしまった。

「ちゅ、中将さま……」

おそるおそる振り返ると、宣能はすべてを見透かすような目をして、ゆっくりと首を横に振った。何も言うなとのお達しであることは疑うべくもない。宗孝が絶句している間に、

「そうと知れれば時を無駄にするわけにはいかない。十郎太似の君よ、待っておくれ」

歌うように言って、雅平は十郎太を追っていった。止める間もありはしない。止めたとしても、聞き入れてはくれなかったろう。

雅平を見送ってから、宣能が言った。

「あれはあれとして抛(ほう)っておきたまえ」

「いいのですか、それで」

「いいのだよ。恋の病は当人にしか治せない。そんなことより、怪異だよ怪異」

色恋よりも怪異を優先させる時点で、宣能は平安貴族の規範から大きく逸脱していた。まだ雅平のほうが世間には理解してもらえただろう。しかもそのことに対し、宣能当人

に危機感はない。ある意味、恋の病よりも重篤であった。

「たった数人に話を聞いただけで、収穫はなかなか。今回はいける気がする。だがしかし、離宮にはそう簡単には立ち入れない。今夜しか、われらに機会はないのだよ」

「——あ、まあ、そうですね。理屈はわかります、はい」

今夜さえ乗り切ればなんとかなる、がんばれ自分、と宗孝は心の中で言い換えた。

「というわけで、ここからは二手に分かれて聞き込みをしていこう。そうだな。半時（約一時間）……いや、念のため、一時後に池のほとり、小島にかかる橋のたもとでいったん集まるとしようか」

「はい、わかりました」

宗孝はうなずきながら、自分はその間に十の姉も探してみようと考えた。なかなかに盛りだくさんの夜であった。

三

右大臣家の一室にて、初草はお気に入りの女房に読み聞かせをしてもらっていた。

彼女の前に広げられた絵巻物には、魅惑の貴公子と薄幸の姫君との出逢いの場面が描かれている。それだけでも充分目を引く華麗さなのに、物語を綴る詞書き（ことばがき）の部分にも、金銀の切箔や砂子が贅沢にちりばめられている。

目にも耳にも心地よい世界。なのに、初草は気もそぞろで物語にまったく入りこめていなかった。それは女房——宗孝の九番目の姉にも伝わっていて、

「退屈でしたか？　では、違う物語にいたしましょうか」

優しく問われ、初草はあわててしまった。

「いいえ、違うのよ。そうではなくて——」

言い訳を探していたそのとき、外から牛車の音が聞こえてきた。たちまち初草の表情が明るくなる。

「お帰りになられたわ」

我慢できずに立ちあがり、部屋の外へと駆け出す。初草が待っていたのは大好きな兄だった。ところが、車寄のほうから歩いてきたのは父の右大臣だけで、兄の姿はない。

初草にとって、父親は昔から近寄りがたい存在だった。公務にいそがしく、接する機会は少ない。兄の宣能が露骨に父親を嫌っていたのも、父との距離が開く一因となっていた。ましてや、父が母への文を焼き捨てた件は、いまだに初草の心に影を落としている……。

一瞬、ひるんだ初草だったが、それでも勇気を振りしぼって父に声をかけた。

「お、お帰りなさいませ。あの、お兄さまは」

初草の父、右大臣はつかの間、足を止め、

「宣能は離宮に泊まっていくそうだ。あちらで友人たちと飲み明かすつもりなのだろう」

「そう、でした、か……」

細切れにつぶやいて、初草はしょんぼりとうなだれた。意気消沈した娘を慰めるでもなく、右大臣はその脇をすり抜けて自室へと行ってしまう。父の後ろ姿を見ていると、娘の自分に関心はないのだと思わざるを得ない。

初草が部屋に戻ると、九の姉が絵巻を巻き直しているところだった。初草がすっかり元気をなくしているのを見て、「どうされました、姫さま」と九の姉が訊く。

「……お兄さまが、今夜は帰ってこないと」

「そうでしたか。男のかたはお酒の付き合いもありますからね。わたくしの夫も飲めないお酒に付き合わされて、そのまま潰れて先方の家に泊まることがよくありましたとも。わたくしも最初は夫の浮気を疑いましたけれど、それは絶対にないと夫は言い張って」

「そ、そうなの？」

思いがけぬ方向へ進む話に興味を持ち、初草は九の姉の前にぺたんとすわった。

「それでどうなったの？」

「ええ。それほど言うのなら、いまから証明してみせようと言い放ち、夫はわたくしの目の前で盃をあおったのです。たちまち顔が朱に染まり、夫はばたんと後ろに倒れこみました。本当に驚きましたわ。このまま死んでしまうのではないかと、おろおろして。ところが翌朝、目を醒ました夫は何ひとつ、おぼえていなかったのです。もう腹が立って、腹が立って、つい殴ってしまいました」

九の姉はそのときのことを再現するように腕をぶんと振るった。初草は声をあげて笑ってしまった。

「素敵な背の君ね。うらやましいわ」

「姫さまも大人になられたら、素敵な背の君と結ばれますとも。しかもお相手は日嗣の皇子たる東宮さま。輝かしい将来が約束されているのですとも。本当にうらやましい」

たちまち初草の表情が曇った。

「東宮さまは……御気性が荒々しくて」

「あら、それは……」

思いがけぬ発言を受け、九の姉は困惑に眉をひそめた。とはいえ、未来の夫を初草の前でけなすわけにもいかず、

「でも、それはまだお小さいからで、大人になれば変わりますとも」

なんとか取り繕ったが、初草の表情は晴れなかった。

大人になれば、すぐにも入内が待っている。御所の奥の後宮で、他の妃たちと新帝の

寵(ちょう)を競うのが務めとなる。もちろん、宗孝と逢うのも格段に難しくなる——

余計にしおれてしまった初草をなんとか元気づけようとしたのだろう、

「そうですわ、新しい絵巻物があったのでしたわね。わたくしったら、うっかりしたことを。そちらのほうを読み聞かせいたしましょうか」

初草は首を横に振った。

「いいわ、もう。絵はとてもきれいだけど、新しい絵巻は詞書きの字の動きが激しくて見づらいの。夜は特に目につらくなるから、読み聞かせは明日のお昼にお願い」

「そうでしたか……」

言葉を濁した九の姉が、何事かを思いついたのか、突然、手を打ち鳴らした。

「そうですわ。どうして、いままで気づかなかったのでしょう」

「何？　どうかしたの？」

「閃(ひらめ)いたのです。うまくいけば、姫さまも御自身で字が読めるようになるやもしれませんわ」

「字を、読む？」

初草は目を泳がせ、膝の上でぎゅっと両手を握りしめた。

「そんなことができるのかしら」

「実は、わたくしには学者に嫁いだ、とても賢い姉がおりまして。姉は信じられないほど細かな仕掛けを次々に作り出すのですよ。専女衆の舞台の仕掛けも、ほとんどが姉や姉の夫が考えてくれたものだったのです」

「ああ、確か五番目の姉上だとか……」

「ええ、その五の姉です。あのひとなら、姫さまが色や動きを気になさらず、字そのものを読めるような工夫を編み出してくれるやもしれませんわ」

「字そのものを読む――」

初草は目を瞠って、床に広げられた絵物語を振り返った。部屋の隅に置かれた漆塗りの二階棚にも視線をやる。棚の上には冊子箱と複数の巻子本が並んでいる。紙に綴られた、たくさんの物語。それを昼でも夜でも、欲したときに自力で読めるようになる――

そう考えた途端、檜皮葺の屋根を支える柱が、ばたんばたんと外向きに倒れ、几帳や屏風が風に吹き飛んだ。――そんな気がした。

庭の木々や草花も風が攫っていった。代わって、どこか遠い土地の景色――高い峰、緑の高原、深い森、うねうねとうねる大河、穏やかな波の浜辺――が邸の外に広がる。そこに暮らすひとびとが、動く小さな点として見えた。望めば、彼らの生涯ばかりか、その心情にまで立ち入らせてもらえるのだと理解し、初草は押し寄せる情報量に圧倒された。

「……そんな、ことが」

両手で頬を押さえて震える初草に、九の姉が興奮気味に言う。

「さっそく五の姉に打診してみますわ。ですから、その、姫さまのことを姉に包み隠さず伝えてもよろしいでしょうか」

初草は桜色の唇をぐっと結び、小さく、しっかりとうなずいた。

西の対の廂では、酔客たちの談笑の声が途切れなく響いていた。給仕役の女房も、彼らの間をいそがしく立ち廻っている。

宗孝はぐるりと見廻してみたが、そこに十郎太の姿はなかった。ここではないなと廂から出ようとして、呼び止められる。

「おや、右兵衛佐。独りなのか？」

繁成だった。彼こそ独りで円座にすわり、盃を手にしている。

「はい。効率よく怪異譚を集めるために、中将さまとはいったん、別行動をとることになりまして。頭の中将さまこそ、お独りで」

「ああ。有光は帰った。雅平は酔いを醒ますと言って出ていったきりだ。どこかで倒れていなければいいが」

「……離宮の女房を追いかけていかれましたよ……」

「なんだ、そうだったのか。そうか、そうか。以前のやつに戻ったか。ならばよかった」

よほど安心したのか、繁成はらしくないほど陽気に破顔した。宗孝も力ない笑みを返しつつ、その場から急いで離れる。嘘は言っていない、それでも少し胸が痛かった。

怪異についての情報を集めると同時に、十郎太を捜す。やるべきことの目録に、宗孝は『余裕があれば宰相の中将さまの様子も見る』をそっと付け加えた。優先順位はかなり低かったけれども。

宗孝は廂から簀子縁（すのこえん）へと出た。ちょうど、足もとのおぼつかない殿上人が、雑色（ぞうしき）（雑用係り）の肩につかまって、ふらふらと北の対へ向かっていくところだった。西の対が宴会場で、北の対は招待客の宿泊場所として当てられていたのだ。

離宮の中心、寝殿には皇太后が、東の対には梨壺の更衣とその女房たちがいるはず。複数の対屋はそれぞれ、渡殿で繋がっている。南庭には、小島のある蓮の池に釣殿。あとは武士たちの詰め所の侍所、車宿や倉などが点在している。

（ついでだから、更衣さまや十一、十二の姉上たちのところに顔を出してくるか）

宗孝は北の対を経由して、東の対へと向かった。北と東を結ぶ渡殿は両側に壁を設え（しつら）、中を細かく区切って、女房用の局が置かれていた。通り道であると同時に居住空間でもあったのだ。

ただし、宗孝が通ったときには、ひとの気配はほとんど感じられなかった。それぞれ、皇太后や更衣の世話、あるいは宴席へと駆り出されているのだろう。

が、中ほどまで進むと、御簾の下から瑠璃色の袿(うちき)の裾がわずかにはみ出しているのが見て取れた。そこに誰かいるのだ。ならば、十一か十二の姉を呼び出してもらい、ついでに離宮の怪異について何か知らないかも訊いてみよう。そう思い、宗孝は御簾に向かって声をかけた。

「あの、つかぬことをうかがいますが……」

「まあ、何かしら」

笑いを含んだ声で応じつつ、御簾のむこうから女房が顔を覗かせる。十郎太だった。

「姉上、こんなところに隠れていたのですか」

十郎太は御簾の内から出てくると、檜扇を揺らしつつ、宗孝と並び立った。

「ごめんなさいね。どうも、雲行きが悪くなるとその場から即、逃げ出すのが癖になったみたいで」

「よくない癖ですよ、それは」

「本当ね」

十郎太が屈託なく笑う。そんな顔をされると、宗孝ももう文句がつけられなくなってしまう。

彼女がひとりで何をしようとしているのかは、まだわからない。話してくれる気もないらしい。けれども、なんの目的もなく、気まぐれで家を出たわけではないだけ、ましなのかもしれない。いつか、その問題が解決したら帰ってきてくれるかもと希望が持てるからだ。

「姉上がどういった案件を抱えているかは知りませんが……、それが片づいたら父上のもとに戻ってきてくれますか？」

宗孝が問うと、十郎太は穏やかな口調で答えた。

「そうね。そのときが来たら父上に逢いにいくわ。これまでの経緯も、その頃には話せるようになっているはずだから」

「本当に？　約束ですよ」

十郎太がうなずく。宗孝はホッとしつつ思った。

（もしかして中将さまは、こうして十の姉上と話す機会を与えるために、別行動を言い出したのかもしれない……）

だとしたら、ありがたい。せめてもの礼に、怪異譚収集のお手伝いにより励まねばという気にもなる。

「中将さまは置いてきたの？」

「いえ、そういうわけでは。〈夏の離宮〉に伝わる怪異譚を、二手に分かれて収集しているだけです。今夜しか機会がないので、時間を無駄にしないための策ですよ」

「ああ、そういうこと」

「……まさか、消える人影とは十の姉上のことだったとか言いませんよね？」

十郎太の目がいたずらっぽく輝いた。

「さあ、どうかしら。もしかしたら、そんなふうに勘違いされたことがあったかもしれないけれど」

「あ、やっぱり」

「けれど、わたしがここに身を寄せる以前から、その噂はあったわよ」

「そうなんですか？　ならば、昔、ここで起きた血塗られた事件は――」

「だから、それは皇太后さまのお許しがないと、なんとも言えないわ」

宗孝は額に手を当てて、うーんとうなった。ただの噂であって欲しくもあり、〈ばけもの好む中将〉のために手土産（てみやげ）が欲しくもあり、複雑な気分だ。

「ああ、そうだ。それから、十の姉上にお願いがあるのです。細かいことはともかくとして、この際、十二の姉上に姉妹の名乗りをあげてくれませんか？　十二の姉上は、十郎太が十の姉上だと知らずに――」

男だと思いこんで恋をしています。そう伝えようとした矢先、

「宗孝？　そこにいるのは宗孝なの？」

渡殿のずっと奥、東の対と通じている方向から、真白の声が聞こえてきた。

心の準備がまったくできていなかった宗孝が、うわっと声にならない声をあげる。次の瞬間、十郎太が宗孝の胸ぐらをつかみ、引き寄せた。宗孝は身構える間もなく、体勢を崩して十郎太といっしょに倒れこむ。

ばたんと派手な音が響き、御簾が激しく揺れた。あたたた……と宗孝はうめいたが、傍目(はため)には彼が女房を押し倒したようにしか見えなかったであろう。当然、真白からはそのように誤解されてしまった。

「ご、ごめんなさい！」

こちらに来ようとしていた真白は途中で足を止め、くるりと背中を向ける。

「お邪魔だったわね。いいのよ、いいのよ。じゃあね、ごめんなさいね、がんばってね」

「何をがんばれと――」

弁明しようとした宗孝の口を、十郎太が背後から手でふさいだ。何も言えず、もがく宗孝を十郎太が羽交い締めにする。その間に、真白は逃げるように走り去っていった。

あの様子ならば、十郎太の顔までは見ていなかっただろう。そして、弟が離宮の女房とよろしくやっているというふうに思いこんだに違いない。

宗孝は十郎太の手を振りはらって、きつめに怒鳴った。

「どういうつもりなのですか、姉上」

十郎太は悪びれもせず、宗孝の唇にひと差し指をぐっと押しつける。

「いいから黙っていなさい。十郎太の正体はあまり広めないほうがいいのよ」

静かだけれども有無を言わさぬ口調に、宗孝も気圧されてしまう。姉の指が唇から離れても、彼は弱々しい声しか出せなかった。

「どうして……」

「更衣さまや十一の君は、普段は後宮にいて守られているから安心だけども、十二の君はそうではないでしょう？　それとも、あの子も梨壺の女房になると決まったのかしら？」

「いいえ、まだそういうわけでもないようで……」

あまり正体を広めてほしくない。なぜ、そのように考えるのか。もしかして――

思いついたままに宗孝は言ってみた。

「ひょっとして、十の姉上には敵がいるのですか？」

十郎太の口角が上がる。しかし、目は笑っていない。

「言ったでしょう？　宗孝は多くを知らないほうがいいのよ」

これはもう、訊いても無駄なのだなと宗孝もあきらめざるを得なかった。

十の姉には秘密が多すぎる。やはり、彼女こそが〈夏の離宮〉の怪異の正体である可能性が濃厚になってきた。だとすれば、宣能はまたもや真の怪に遭遇し損ねることになる。

お気の毒な中将さま、と同情する一方で、宗孝は内心、ホッとする。そこへ、

「――の君、十郎太似の君」

長い簀子縁のむこうから、恋しいひとを捜し求める切なげな声が聞こえてきた。

「また誰か来た……」

「今度は恋多き中将さまのようね。あのかたに捕まると面倒そうだわ」

十郎太はさっと立ちあがった。幾枚も重ねられた袿の重みも、長い裾も、彼女の動きをなんら妨げるものではない。

「宗孝、今度は追わないでね」

言うが早いか、十郎太は身を翻して簀子縁を走り出した。風のように軽やかな動きは、微かな衣（きぬ）ずれの音しか立てない。それでも、雅平は即座に彼女に気づいた。

「待っておくれ、わたしの恋人、十郎太似の君よ」

雅平は宗孝には目もくれず、ひたすら十郎太だけを追っていく。どたどたと彼の足音ばかりが響き、それも遠ざかっていく。

脇目も振らぬ雅平の情熱の激しさに、宗孝はただただ感心するしかない。その一方で、

（宰相の中将さまには申し訳ないけれど、十の姉上は絶対に捕まらないだろうな……）

そう思うからこそ、宗孝も黙って彼らを見送っていられた。

雅平は以前の調子をすっかり取り戻しているし、真白も春若と逢瀬の約束をしている。西の対では酒盛りが続き、酔っぱらいが若女房を口説いていることだろう。宣能が指摘した通り、今夜はあちこちで恋の矢が交錯しているのだ。色恋沙汰に過敏な怨霊が本当にいるのなら、嫉妬で暴れ出したとしてもおかしくはない。

「わあ、迷惑」

と、宗孝は心情をそのまま声にして叫んでいた。

酔いのだいぶ廻った殿上人たちが、手拍子をとって謡っている。

「おいおい、わたしの着替えを見なかったかぁ」

「知らんぞ、誰かが間違えて持っていったのだろうよ」

そんな他愛ない会話さえも、明るい笑いに包まれている。

酔っぱらいたちの楽しげな輪から離れて、繁成はひとり黙々と盃を傾けていた。食事もとりつつ、ゆっくりと節度をもって飲んでいるため、ほとんど酔っていない。

「さてと。そろそろ、また行ってみるとするか」

つぶやき、繁成は盃を置いて立ちあがった。浮かれる酔客たちの間を抜けて、北の対へと向かう。休息ではなく、東宮の様子を見に行くためだった。

煙たがられるのは承知の上。それでも、きちんと目を光らせておかないと、あのやんちゃな東宮のこと、どこに飛んでいってしまうか、わかったものではない。

にぎやかな西の対に比べ、北の対は全体が静かだった。

「東宮さま、お加減はいかがですか」

繁成は声をかけつつ、東宮に割り振られていた部屋へと入室した。燈台の明かりは灯っていたが、ひとつだけで部屋は薄暗い。それでも、褥に置かれた夜具がひとの形に膨らんでいるのは見て取れた。

「お休みでしたか……」

ならば邪魔はすまいと戻りかけたものの、

(いや、待て)

いつもそばにいる小桜丸の姿が見えない。そのことを不審に思った繁成は、踵を返してずかずかと褥に近寄り、夜具をいきなり引き剝がした。きゃっとかわいらしい悲鳴をあげ、夜具を取り返そうとしたのは東宮ではなく、小桜丸だった。

「やっぱり」

怖い顔をして睨みつける繁成に、小桜丸は震えあがる。

言い訳の言葉がみつからなかったらしく、小桜丸はその場にがばりと両手をついた。

「申し訳ございません！」

「謝らずともよい。それより、東宮さまはいずこへ」

「あの、眠れぬので、外の風を感じたいと仰せになり……」

「嘘だな」

繁成は厳しい口調で小桜丸の発言を封じた。

「それならば小舎人童のおまえが同行するはずだ。なのに、それをせず、ここで東宮さまのふりをしていたのは、御目付役の目をくらますため。つまり、やましいことがあるからだ」

「やましいことなど、あろうはずがございません」

抗弁する小桜丸の目が激しく泳いでいる。繁成が真正面からぐっと顔を近づけると、小桜丸はおろおろして発言を翻した。

「あ、あの……、東宮さまは真白さまと逢瀬の約束を交わして……」

「真白？　ああ、権大納言さまの娘御か。東宮さまが御執心の」

「はい。真白さまは更衣さまの妹君でもありますから、付き添いの女房としてこの離宮にいらしておりまして……」

「ほうほう。そういうことか」

「でも、あの、真白さまは東宮さまの御身分をいまだ存じません。東宮さまもそこは知られたくないと強くお望みで。それで、春若君と名乗ったまま、はい」

「まだ、そんなことをやっていたのか」

東宮がしょっちゅう監視のもとを逃げ出して好き放題をやっているのは、御目付役だからこそ、繁成も知っている。文の遣り取りだけで飽き足らず、一度は真白を邸から盗み出したことも。最近は、おとなしくなったと思っていたのに——

「お願いでございます。見逃してやってくださいませ」

小桜丸は急に声を張りあげ、さらに低く頭を下げて、褥に這いつくばった。

「東宮さまは本気で恋をされているのです。なのに、女御さまの手前、更衣さまの妹君である真白さまのもとに堂々と通うこともできず」

「通うのは早かろう。まだ元服前だぞ」

「本当の御身分を明かせば、大抵の女人は否やとは言いますまい。なのに、東宮さまはそれを潔しとなさらず」

「こら、ひとの話を聞きなさい」

「ここでめぐり逢えたのは、まさしく神仏のお計らい。どうか、今宵だけは目をつぶってくださいませんでしょうか。なにとぞ、なにとぞ」

小さな身体をこれ以上ないくらい平べったくして、小桜丸は涙声で懸命に訴えた。彼も元服前の年少者だ。幼き者に必死に陳情を述べられて、繁成もまったく心動かさぬほど非情ではなかった。

「……わかった」

小桜丸は半分泣き崩れていた顔をがばりと起こした。

「わかっていただけましたか」

「ああ。とはいえ心配だ。見守るだけにしろ、居場所はきちんと把握しておかねば」

大真面目（おおまじめ）に言う繁成に、小桜丸はこくこくとうなずき返した。

「わ、わたしも参ります」

袖で目をぬぐって、小桜丸は褥からぴょんと起きあがった。勢いがついて、後ろで結わえた長い髪の先が撥（は）ねる。まるで仔犬（こいぬ）のしっぽのようだなと繁成は思った。

小桜丸を替え玉に仕立てて部屋を出た春若は、北東の小さな対屋の簀子縁をひとり歩いていた。

南庭に出るために西の対を経由すると、御目付役の繁成にみつからないとも限らない。皇太后の居住である寝殿を横切っていくのは、はばかられる。遠廻りになるが、ここは万全を期して、ひと気の少ない北東側を通ろうと考えたのだった。

素足の裏に、床板がひんやりと冷たかった。軒先の釣燈籠にはどれも火が入っておらず、星明かりを頼りに進むしかない。

普段から使用されていない殿舎なのかもしれない。しんと静まり返っているばかりでなく、どことなく陰気な雰囲気が漂っている。

（北東は鬼門の方角、鬼が通るとも申すからな……）

そんなことを考えたのが呼び水となり、繁成が無理やり語って聞かせた〈夏の離宮〉にまつわる因縁話を思い出してしまった。

春若はぶるっと身震いし、後ろを振り返った。誰かに見られているような気がしたのだが、背後には誰もいない。

（気のせいだな）

再び、歩き出す。けれども、落ち着かない。視線がずっと追いかけてくる気がして仕方がない。

歩きながら、ちらちらと後ろを振り返る。もちろん、誰もいはしなかった。なのに、視線を先ほどよりも強く感じる。姿はなくとも、すぐ後ろに何者かがぴったりと張り付き、こちらをじっと凝視しているようで、おぞましさにうなじの産毛がちりちりと逆立っていく。

（気のせいだ、気のせいだ。真白が待っているのだぞ。ほら、急ぐのだ）

春若は自分を鼓舞し、足取りを速めた。簀子縁の角を直角に曲がり、そこでいきなり立ち止まって、柱の陰から顔を出す。もしも追跡者がいるのなら、相手をひっかけてやるつもりだった。しかし、後方には誰もいない。

（ほら、みろ。やっぱり気のせいだ）

ホッと息をつき、前に向き直る。その直後、目の前にぬっと人影が現れ、春若は小さな悲鳴をあげて尻餅をついた。

おびえる彼の前には、蘇芳色の女房装束をまとった、十七、八歳ほどの若女房が立っていた。彼女は大きな目で春若を探るようにみつめて問うた。

「……どうかなさいましたか？」

じろじろと遠慮のないまなざしは、さきほど背後にずっと感じていた視線を連想させ、春若をおびえさせた。それでも、何か言わねばと声を絞り出す。

「ひ、東の対は……」

「東の対には今宵、梨壺の更衣さまと女房のかたがたが御滞在です」

「そう……そうだったな。だから、更衣さまに、ご挨拶をしてこようかと……」

それらしいことを適当に言うと、

「あちらにはお小さい姫宮もいらっしゃいますので、もうお休みになられました」

「そうか……。しかし、女房のひとりやふたりはまだ起きていよう。声だけでもかけておくとするか」

「でしたらば、こちらではなく、戻ってすぐの角を曲がられたほうが近道です」

「お、おう。かたじけない」

　春若は若女房の言葉に従い、もと来たほうへと戻りかけた。が、数歩ほど進んで足が止まる。戻れば、あの執拗な視線の主と鉢合わせになるのではないか。そんな懸念が頭をよぎったのだ。

　立ちすくむ春若に遥か前方から、先ほどの女房が檜扇を振りつつ、声をかけてきた。

「どうなさいました。こちらでございますよ」

「あ、ああ……」

　動き出した春若の足が、また止まった。妙な違和感をいだいたからだった。

（ついさっき別れたはずの女房が、なぜあんな先で檜扇を振っているのだ……？）

　不審に思い、簀子縁の角にとって返して、先を覗く。そこに、あの女房の姿はなかった。春若はただちに振り返り、檜扇を振っていた女房を視認しようとした。が、そちらにももう誰もいない。

「えっ……？」

　彼女はどこへ消えたのか。不思議ではあったが、こちらからは見えない死角にひょいと移動することは、もちろん可能であろう。離宮で働く女房なら、春若の知らない邸の構造を熟知していておかしくはない。

さらに言うと、同一人物ではなく女房がふたりいたと考えるならば、なんの不思議もない。ないはずなのに、春若は背中を這いのぼる悪寒を禁じ得なかった。

じろじろと凝視しながら道を教えてくれた女房と、離れたところから檜扇を振っていた女房。ふたりの顔かたちが、そっくり同じだったことに気づいたからだった。

「まさか……」

遠目だったから、同じ蘇芳色の女房装束を着ていたから、見間違えたに違いない。理性はそう告げるのに、身体は恐怖に反応して総毛立つ。

「も、物の怪か！」

思わず叫び、春若は激しくかぶりを振った。

「いや違う違う、気のせいだ気のせいだ、ただの目の迷いだ」

必死に言い聞かせるが、鳥肌は治まってくれない。じっとしてもいられず、春若はその場から走り出した。ところが、踏み出した足の裏がびしゃりと濡れ、春若は驚愕して飛び退いた。

「す、簀子縁が濡れている！」

妻を殺した殿上人は、その死体を池に沈めて隠蔽した――そんな、いらない情報が記憶を駆けめぐる。

「ううう、ううう」

涙目になった春若は、濡れた床を飛び越え、うめきながら疾走した。もはや、どこをどう進んでいるのかもわからない。ジグザグに走ったほうが悪霊の追跡をかわせるのではないかと本能的に察して、角があれば即、曲がるを幾度となくくり返した。

民俗学的見地においても、春若の行動はあながち間違ってはいなかった。『霊は直進しかできない』との大陸由来の考えに基づき、邪気が侵入するのを防ぐため、わざと折れ曲がった通路や橋を作成する例はある。

とはいえ、ジグザグ走りのせいで余計に体力を削りとられ、春若はへとへとになって柱に抱きついた。乱れた呼吸を整えながら、ここはどこだろうかと周囲を見廻す。

向かいの殿舎——もはや、それがどの対屋かも見分けがつかなくなっていたが——をふらふらと歩む人影が見えた。

これが女房装束をまとった女人だったらば、春若はまた悲鳴をあげていたかもしれない。だが幸い、それは直衣姿の男性だった。しかも春若の知った顔、雅平だ。きょろきょろとあたりに視線を配り、切なげに吐息をついてはまた歩き出す。その姿は、誰かを捜し求めているふうにも見える。

(なんだ、宰相の中将か。やつめ、こんなところに来てまで、飽きもせず女房を追いかけているのだな……）

これまでの雅平の行状を知っていれば、そう判断するのも無理からぬ話だった。

知り合いをみつけて安堵した春若の足は、自然と雅平のほうへと向けられていた。

（ああ、びっくりした……）

ひと気のない渡殿を歩きながら、真白は自分の胸に手を押し当てていた。

指先に感じる鼓動が、通常よりも速い。弟の宗孝が離宮の女房を押し倒している場面を目撃してしまった、その驚きがまだ冷めやらぬせいだった。

浮いた噂もなく、変わり者の近衛中将とつるんでばかりいる弟が、実はちゃっかり宮廷風の色恋を楽しんでいる。相手の顔は見えなかったが、きっと美人に違いない。

（宗孝も男だったたっていうわけね……）

それがこの時代における、貴族男性の普通の姿だった。

複数の女人を妻として、同時に女房相手にも戯れの恋を仕掛けていく。そうやって恋の道に長(た)けているほうが、魅力的だと世間にももてはやされる。むしろここは、晩生(おくて)だと思っていた弟がひと並みでよかったと喜ぶべきかもしれない。かもしれないが、真白の心は複雑だった。

（ということは、いまは一途な春若君も、大人になったら平気で浮気をするのかしら）

そんなことまで考えてしまう。

もしも、このまま更衣の女房になるのなら、更衣が後宮に戻った際に、当然、真白も宮中へと同行するようになろう。数多の殿方と出逢い、恋の機会も自然と増える。十一番目の姉の小宰相は、そうやって彼女なりに宮廷生活を楽しんでいるようだ。

知らない殿方と接することに以前はひどく抵抗があったが、自分もやってやれなくはないのかもしれない。ただ、本当にやりたいかと問われると、どうなのか――

そんな思案に暮れていると、

「ちと尋ねるが」

真後ろの至近距離から唐突に呼ばれ、真白はひゃあと声をあげて、その場にしゃがみこんだ。

両袖で顔を覆い、そのわずかな隙間から、相手の顔をおそるおそる覗き見る。彼女の後ろにいたのは、宰相の中将雅平だった。

（このひと……）

以前、春若の使いとして雅平とは顔を合わせている。真白はそのときのことを思い出したが、咄嗟に顔を隠したために、雅平は相手が真白だと気づいていない様子だった。

「驚かせてすまない。十郎太似の君がこちらに来なかっただろうか」

「じゅうろうたにの君？」

全部かなで聞き取ってしまった真白は、変わった女房名ねと首を傾げた。

雅平が重ねて問う。

「そうそう、十郎太似の君だ。こちらに来なかったか？」

「さあ……。わたしは更衣さま付きの女房なので、離宮の女房たちは全然知らなくて……」

ごめんなさいと付け加えて、真白は雅平からじりじりと距離をとった。彼の華やかな顔立ちが、真白は少々苦手だった。濃すぎると感じてしまうのだ。ましてや、貴族男性の多情ぶりについて考えていた直後なだけに、いかにも色男然とした雅平に、正直、胸焼けがしてしまう。

雅平のほうは真白にそれ以上、構わず、

「いそがしいところを呼び止めてすまなかったな。では」

さっと片手を挙げて足早に去っていく。じゅうろうたにの君のこと以外、考えられなくなっているのが、傍目にも丸わかりだ。

「あ、そういえば……」

雅平は春若を知っているわけで、彼に尋ねれば、春若の素性も簡単に判明しただろう。だが、そう気づいたときにはもう、雅平の姿はどこかに消えていた。せっかくの機会を棒に振った真白は、肩をすくめてつぶやいた。

「しょうがないわよね。きっとそのうち、春若君が自分から教えてくれるわよ」

雅平が不意に現れたおかげで、不毛な思案からも解放されていた。気持ちを完全に切り替えて、

「さて、そろそろ待ち合わせ場所に行かないと――」

南庭はあちらかしらと当たりをつけ、真白は離宮の中を適当に歩き始めた。

「いまのは――」

柱の陰に隠れて春若はがくがくと震えていた。悪霊への恐怖心からくるものとは、また違う種類の震えだった。

「真白が宰相の中将と……？」

ふたりの間に交わされた会話は、残念ながら聞き取れなかった。だがしかし、両者はとても親密に語らっているふうだった。真白は両袖で顔を隠し、雅平の前でいじらしく振る舞っているようにも見えた。すべては春若の主観に過ぎぬのだが、それを冷静に正してくれる他者はここにはいない。

疑心暗鬼に陥った春若は、咄嗟に雅平のあとを追った。真白のほうへ行かなかったの

は、彼女を責めたくない、嫌われたくないとの想いが無意識に働いたからだろう。

　春若は簀子縁を行く雅平の後ろ姿をみつけて呼び止めた。

「宰相の中将よ」

　雅平が振り返る。春若は簀子縁の中央に仁王立ちし、雅平を精いっぱい険しい表情で見据えて詰問した。

「先ほどの女房と何を話していたのだ」

「先ほどの女房……？」

　雅平は怪訝そうに首をひねった。

　普通に考えれば、ついさっき言葉を交わした真白のことだと理解できたであろう。しかし、このときの雅平は普通ではなかった。彼の頭の中は別の相手でいっぱいで、女房と言われて連想したのは十郎太の女房姿だったのだ。もちろん、春若がそうと知るはずもない。

　雅平は密集したまつげに縁取られた印象的な目をしばたたき、逆に問い返してきた。

「まさか、東宮さまもあの者を追って？」

　彼の言う〈あの者〉とは真白だと解釈し、春若はうなずいた。それにとどまらず、薄い胸を張って堂々と宣言する。

「あれはわたしの恋人だ。軽々しく手を出すでない」

雅平の目がさらに大きく見開かれた。

日嗣の皇子たる東宮と近衛府の次等官である近衛中将では、身分の差は歴然。当然、畏れ入ってくれるであろうと、春若は自信を持って臨んでいたのだが……。

「それは——いかに東宮さまの命とはいえ、受け容れがたい話でございますね」

「な、なんだと」

「恋の道には、身分の上下も立場の違いもありはしません。ひたすら相手への想いの強さがあるばかりなのです」

「だったら、わたしはそなたに負けぬ！」

「ほう……」

雅平は暑苦しい目を細め、官能的ともこってりとも言える唇に不敵な笑みを刷いた。

「わたしと恋を競うと仰せですか。よろしいですとも。果たして、どちらが真の勝者となり得るか、試してみようではありませんか！」

想像以上に、雅平は強気だった。恋の高揚感によるものだろう、勢い余って雅平は豪快に笑い出した。華麗な貴公子然とした容貌の隅々に無駄な力が行き渡り、悪役めいた迫力すらほとばしる。

これには春若も驚きを隠せなかった。闘志ではなく、おぞ気に身を震わせ、

「ま、負けぬからな！」

ひと言、言い捨てて走り去る。敵前逃亡であることは誰の目から見ても明らかだった。勝利を確信し、濃い顔の雅平は高らかに笑い続けている。彼の哄笑を背中で聞きながら、春若はくやし涙を目ににじませていた。

雅平の悪役じみた顔が怖くなり、逃げた自分が恥ずかしかった。情けなかった。それでも、一縷の望みは失っていなかった。

(真白、真白よ、こんなわたしを慰めてはくれまいか。宰相の中将などなんとも思っていないと、はっきり言ってはくれまいか——)

もはや廻り道も必要ない。待ち合わせ場所の南庭を目指して、最短距離を一気に駆け抜ける。ところが目標を一点に絞った途端、春若の行く手に最も警戒すべき天敵の姿が立ち現れた。

「ここにいらしたのですね。捜しましたよ」

御目付役の繁成だ。彼の後ろに小桜丸の姿も見える。自身の替え玉として褥に寝かせておいたのに、繁成に見破られてしまったらしい。

「行くなとは申しませんが——」

繁成は妥協案を提示しようとしていた。しかし、春若は最後まで聞いていなかった。繁成と小桜丸に背を向けて、それこそ脱兎のごとくに走る。今度はジグザグに進む気力もなく、とにかく一直線に、全身汗みずくになって疾走する。

ただし、体力はもはや尽きかけていた。たちまち足がふらつき出す。春若は活路を求め、すぐそこの、廂の間に通じる妻戸をあけた。運よく鍵はかかっておらず、開いた扉の中へと飛びこむ。そこには誰もいなかった。調度品もほとんどなく、がらんとした空間には隠れていられそうな場所もなかった。

突き当たりは壁で、そのむこうは納戸でもある塗籠(ぬりごめ)だった。しかし、塗籠の扉には錠がかかっている。繁成たちがすぐそこに迫っており、錠をはずす時間も手段もない。

万事休すか、と春若は絶望した。よろけ、壁に手をついた拍子に、ぐらりと身体が反転する。

倒れるのか、と思った。確かに倒れはしたが、その場所は廂ではなく、塗籠の中だった。反転したのは春若ではなく、彼が手をついた壁だったのだ。

「えっ？　えっ？」

急変した事態に対応できず、呆然(ぼうぜん)としていると、壁のむこう側から繁成と小桜丸の会話が聞こえてきた。

「どこだ。どこへ行かれた」

「まさか消えたのでは……」

「何を言う。そのようなことが起こるはずもない」

「でも、でも、昔、ここで殺された霊の力で――」

最後まで言い終えずに、小桜丸はうわぁんと泣き出した。繁成はあわてて、

「こらこら、泣くな。こんな暗いところにいるから、そのような陰気なことを考えるのだ。さあ、出なさい出なさい」

小桜丸をなだめすかし、廂から外に出ていくのが、壁越しでも手に取るように伝わってきた。小舎人童のあっぱれな働きに、春若は塗籠の中から声援を送った。

（でかしたぞ、小桜丸）

小桜丸のしゃくりあげる声が遠ざかっていく。繁成も彼といっしょに行ってしまったらしく、壁のむこうの気配は完全に消えた。

春若はゆっくりと壁を押してみた。それほど力を入れずとも、壁板は簡単に反転した。

（奇妙な造りだな……）

改めて塗籠の中を見廻す。空虚だった廂とは違って、こちらは物が多く詰めこまれていた。わずかながら空いた空間もあり、そちらに歩を進めると床板が微かに揺れた。

（ん？　床板も動くのか？）

試しにぐっと踏みこんでみる。次の瞬間、足もとがぽっかりと抜け、春若はどことも知れぬ暗闇にたちまち落下していった。

四

星空を背景に、南庭の池のほとり、小島に架かった橋のたもとで、宗孝は宣能を待っていた。怪異に関する情報収集をしたのち、ここで待ち合わせの手筈だったのに、もう約束の刻限はとっくに過ぎている。

寝殿や東の対はもちろん、宴会場である西の対も、だいぶ静かになっていた。ほとんどの者がもう床に就いているのだろう。

（十二の姉上も春若君と池のほとりで待ち合わせをしているはずなのに、まだ姿を見せないな……）

それはそれで、宗孝には都合がよかった。離宮の女房とよろしくやっていると誤解されたあとだけに、姉と顔を合わせるのはどうも気恥ずかしい。違うんですよと弁解できないのも、地味につらい。

（いや、待て。ここはむしろ、自慢すべきところなんじゃないか？）

検討はしてみたが、事実とは異なるので、それはそれで虚しい。やれやれと苦笑いして、あくびを放ったところに、やっと宣能がやって来た。

「やあ、すっかり待たせてしまったね。すまない、すまない」

「いいえ。きっと収穫が多いのだなと思っておりましたから」

「ああ。ここはまさしく宝の山だったよ。壁の前で突然、姿を消す人影。雨が降ってもいないのに濡れる簀子縁（すのこえん）。どこからともなく聞こえてくる、正体不明の怪音。そんな話を離宮の女房たちから、たっぷり聞かせてもらえたとも」

「それはよかったですねえ」

近衛中将たる宣能から話しかけられ、女房たちも嬉々（きき）として応じたに違いない。聞くほう、話すほう、双方が幸せならばそれでいいのだろうと、宗孝も一歩、離れたところから、彼らの幸福を言祝（ことほ）ぐ。——問題は、これだけでは済まない点だった。

案の定、宣能はさらに深入りしてきた。

「さて、あとはどうやったら怨霊たちに顕現してもらえるのかという算段だが」

「け、顕現？　怨霊を呼び出そうというのですか？」

それはさすがにと、宗孝はおそれ戦いた。

「そんなに驚かずとも。正直、いつ現れてもおかしくないほど、〈夏の離宮〉は調っていると思うのだがねえ」

宣能は袖を優雅に翻し、赤松の高い梢を指差した。

「ほら、ごらん。妻子を殺害して絶望した殿上人の死体が、あそこでゆらゆらと揺れてはいないかい？」

首吊り死体など、実際はありはしなかった。が、宗孝は反射的に、ひっと声をあげてしまう。宣能は再び袖を翻し、今度は静かな池の水面(みなも)を指差した。

「夫に殺された妻の霊が、無惨に腐り果てた姿となって、いまにも水からあがってきそうではないか」

ううとうなって、宗孝は苦しげにうなずいた。そういった想像をすでに自主的にやっていたため、宣能に描写されると、なおさら鮮明に映像が脳裏に浮かぶ。

「父親に斧で殺された姉妹の霊も、きっとその無念をわたしたちに訴えたがっているよ。ああ、いつ来てくれてもいいのだよ、きみたち」

宣能は腕を大きく広げ、〈夏の離宮〉に浮遊しているであろう霊たちに訴えた。まるでその呼びかけに応えるがごとく、ふたつの人影が殿舎のほうから駆けてくる。

宗孝はぞっとしたが、人影は斧を掲げた殺人鬼でも、腐乱死体でも、血まみれの姉妹でもなかった。繁成と小桜丸だ。

「こちらに東宮さまは来なかったか？」

繁成の問いかけに、宣能は「いいや」とあっさり返す。怨霊たちに呼びかけていたときとの温度差が露骨だった。

「まったく、どこへ隠れてしまわれたのか」

「隠れたのか」

「ああ。更衣さまの妹君との逢瀬のために逃げ出されたのだ」

「ほう」

繁成は憤懣やるかたないとばかりに顔をしかめている。小桜丸はひっくひっくとしゃくりあげている。破天荒な上つかたに苦労させられている彼らに、宗孝は心から同情した。似たような立場だからこそ、なおさらだ。

「追うから逃げるのだよ。当たり前ではないか」

宣能は飄々と言ってのけ、

「春若君のことは抛っておいて、西の対で飲み直せばいい。ほらほら、小桜丸もいっしょに来なさい」

繁成と小桜丸の背を押して、ふたりを南庭から連れ出していく。宗孝ももちろん、そのあとに続いた。

西の対では、まだ飲み続けている者、酔い潰れて寝ている者の間に、席がだいぶ空いていた。宣能と宗孝は、繁成たちを適当な席にすわらせ、飲食を勧めた。童の小桜丸には酒ではなく、水と甘い菓子を振る舞う。

繁成は東宮の御目付役がいかに大変かをぐちぐちと愚痴って盃を傾け、小桜丸は泣き疲れておなかが空いていたのか、揚げ菓子をぱくぱくと平らげていく。そして、ふたりとも早々に舟を漕ぎ始めた。

「こんなところで寝ないで、北の対でお休みになってはどうです？　東宮さまのことは、わたしが気をつけておきますから」

宗孝の提案に「それはしかし」と繁成はごそごそ言っていたが、結局、宗孝に肩を貸り、北の対へと移動した。小桜丸も目をこすりこすり、ふたりについていく。

繁成も小桜丸も、床に就かせた途端、沈みこむように寝入ってしまった。宗孝はやれやれと息をついた。本当は彼らといっしょに横になりたかったが、そうもいかずに西の対で待つ宣能のもとへと戻る。

「繁成たちは？」

席に着くや否や、宣能に訊かれ、

「ぐっすりお休みになりました。よほどお疲れだったようで」

「東宮のお守り役は大変だな」と、宣能は苦笑した。

「しかし、十二の君と逢瀬の約束とはねえ。右兵衛佐は知っていたのかい？」

宗孝はびくんと肩を震わせ、背すじをのばした。

「あ、はい。すみません、中将さまには言いそびれておりました。何しろ、春若君は初草の君の許嫁でもありますし……」

しどろもどろになる宗孝を、宣能は目を細めてみつめる。幸い、非難がましい色はそこにない。

「十二の君が従弟どのと仲よくしてくれるのは、ありがたいことだとわたしは思っているよ。別に、妻はひとりきりと決まっているわけでもなし。あの暴れ東宮を年上の十二の君がしっかり押さえてくれれば、宮廷の未来は安泰だ」

「そうお考えでしたか。ですが、初草の君のお気持ちは……」

「繊細な初草は、従弟どのとは相性が悪い」

断言され、宗孝は瞬間、息を呑んだ。冷徹な指摘をした宣能の声が、右大臣の印象とぴたり重なったせいだった。

宗孝は初草のことに言及するのはやめ、別の問題に触れた。

「弘徽殿の女御さまは、更衣さまの妹が春若君の妻となることを許しましょうか……」

「そこがいちばんの難関だねえ」

ですよね、とつぶやいて宗孝は盃に手をのばしかけた。その手の甲を、宣能が扇の先でやんわりと押さえる。

「きみまで酔い潰れないでくれ。夜はこれからなのだよ」

「あ、はいはい。離宮の怪異を探すのでしたね」

そこは絶対に忘れてくれないのだなと、宗孝はあきらめの心境でうなずいた。

水の流れる音が聞こえる。意識を取り戻した春若が、最初に思ったのはそれだった。身体を動かすと痛みが生じ、春若はあうっと声をあげた。が、それほどひどい痛みとも違う。用心しつつ身を起こし、彼は改めてあたりを見廻した。

暗すぎて、状況も、自分がどの程度の怪我（けが）を負ったのかもわかりにくい。尻の下に感じるのは木の床ではなく、ざらざらした土で、濡れてはいないが水の匂いがする。両手を広げて探ると、土の壁に触れた。大人ふたりが並んで通れるほどの幅がある、通路のようだと判明した。

頭上を仰ぐと、闇の先にぽっかりとあいた四角い穴が見えた。

「あれは塗籠の床穴か。わたしはあそこから落ちたらしいな……」

試しに頭上の穴に向かって、おおい、おおいと呼びかけてみる。反応はまったくない。誰も、繁成も小桜丸も、塗籠の中に隠れた春若が、さらにその下の地下に落ちたとは夢にも思っていないようだ。

「離宮の建物の下に、秘密の地下通路が通っていたと考えるのが妥当か……。なるほど、突然、消えた人影とやらは、塗籠の壁の仕組みを使ったものだったのだな。すると、わたしを驚かせたぎょろ目の女房も、何か仕掛けがあったのやもしれぬ。うむ、きっとそうだったに違いない」

無理やりにでもそういうことにして、春若は己の心をなだめにかかる。

「しかし、なんのための仕掛けだ？　単に驚かせるため？　では、この地下通路はなんなのだ？」

　考えを整理するため、独り言ちてみても、解答はみつからない。とにかく、ここから脱しようと試みるも、両側の壁に足がかりになるようなものはなく、梯子や縄などの道具もない。頭上の穴まで自力で昇るのは到底無理と思われた。

「仕方がないか……」

　落胆した春若は、しゃがみこんで膝を抱えた。

　幸い、季節は夏。ひと晩ここにいたとしても凍えることはあるまい。朝になれば、誰かが塗籠の近くまで立ち寄るかもしれない。そこで大声をあげれば、きっと気づいてもらえるだろう。少なくとも、東宮の姿が見えないとなれば騒ぎになり、繁成や小桜丸だけでなく、もっと大勢が探しに来てくれるはずだから大丈夫――と、そこまで考えてから、

「否。それでは遅いのだ」

　春若は語気強く言い放ち、痛みも忘れてすっくと立ちあがった。

「真白がわたしを待っている。南庭の池のほとりで。今夜を逃したら、次はいつ逢えることか。それに、逢瀬の約束を反故にされたと誤解されては、ああ、ああっ……！」

　春若は左右の角髪を揺らし、苦悩に身をよじった。おおい、おおいと、また声を張り

あげてみるが、どこに続いているとも知れぬ空洞に吸いこまれていくばかりで、木霊さえも返ってこない。

春若はくっと唇を嚙みしめ、その場に両手をついた。あふれてきそうになった涙を、まぶたをぎゅっとつぶって押しとどめる。

「真白……！」

どれくらい、そうしていただろうか。彼はふと、流れる水音が、おのれの両手の先から聞こえてくることに気づいた。

「この下を水が流れている……？」

目をしばたたき、両手で足もとの土をはらってみる。現れた堅い感触は、石を削って整えたものか、あるいは陶器のようにも思われた。どうやら、春若がいまいるのは、地下に埋められた導水管の真上だったらしい。

「もしや、下を流れているのは離宮の池に注ぐ水か？　つまり、この通路は南庭に繋がっていると？」

そうであってくれとの期待が先行した推測だった。いくら目を凝らしたところで、通路の先は真の暗闇が続くばかりだ。

それでも、ここでじっとしていて事態が好転するとは、とても思えなかった。切羽詰まった理由も彼にはある。駄目だったら戻ればいい。失うものは何もない。おそらく。

春若は地下の冷たい空気を大きく吸いこみ、腹をくくった。

「待っていてくれ、真白。われはいま行くからな」

水が流れる方向、そちらがきっと南だと信じ、春若は果敢に闇へと歩み出していった。


東の対では、梨壺の更衣と姫宮、その女房たちがすでに就寝していた。

燈台の火は落とされていたが、風通しのために蔀戸(しとみど)が上げられており、外からの明かりは入ってきている。そんな薄闇の中、更衣の妹で、腹心の女房たる小宰相が、褥からそっと身を起こした。

彼女は不安そうに室内を見廻した。すぐ隣の褥では梨壺の更衣が寝入っている。赤子と乳母(めのと)は少し離れて、屏風を隔てた先で休んでおり、そちらも静かだ。

目を醒ましたのは自分だけのようだと、小宰相が思っていると、

「どうかしたの、小宰相」

目を閉じたままで更衣が話しかけてきた。

「すみません。起こしてしまいましたか」

更衣は目をあけると、いいえと優しい嘘をついた。

「眠れないの？」

「いえ、そういうわけではないのですが……。何か聞こえませんでしたか？」

「何かって？」

「おおい、おおいと呼ばう声が、地の底から聞こえたような……」

おびえる小宰相に、更衣はなんでもないことのように言った。

「きっと風の音よ」

「そうでしょうか。でも、この離宮には昔から怖い話が……」

中途でハッとし、小宰相は自分の口を押さえこんだ。

「申し訳ありません。お聞き苦しいことを言ってしまいました」

けれども、更衣は怒りも怖がりもせず、

「小宰相は噂好きだから、ここでもいろいろと聞きこんできたのね。でも、地の底からの音ならば――」

そこで我慢できなくなったように、くすっと笑った。

「間違いなく風のいたずらよ。心配いらないわ」

「……何かご存じなのですね、更衣さま」

「さあ、どうかしら」

「教えてくださいまし。でないと、怖くて眠れませんわ」

小宰相は更衣と同じ褥にもぐりこみ、赤子や乳母を起こさぬように小声で催促をした。

ただの女主人と女房ではなく、後宮で苦楽をともにした同母姉妹だからこそ、だった。

更衣も、まるで娘時代に戻ったかのように無邪気に笑っている。

「秘密だと皇太后さまに言われているの。だから、小宰相も秘密にすると約束できる？」

「秘密ですか……。秘密のお話は大好きですが、ほかのかたがたに聞かせられないのはつらいかもしれません」

「ならば、教えてあげられないわ」

「更衣さまったら」

後宮とも実家とも違う邸で、ひそひそ声で交わす会話が楽しかった。更衣もその楽しさに負けて、「絶対に秘密よ」と念押しをした上で語り出す。

「――この〈夏の離宮〉は皇太后さまの父宮さまが建てた別邸だと知っているわよね。宮さまは遊び心のある御かたで、この別邸に秘かに特別な仕掛けを造らせたらしいの」

「特別な仕掛け？」

「お好きなときにこっそり市井に出かけられるよう、地下に秘密の抜け穴を通されたのですって」

まあ、と小宰相はあきれて目を瞠った。

「抜け穴を使うところを見られないように、壁だのあちこちにも細工を施したのだとか」

「細工？」

「どんでん返しの細工ですって。そのせいで、突然、ひとが消えた、なんて噂が立ったようね」

「では、昔、この地に住んでいた殿上人が妻子を殺したという噂も……」

「作り事ね。そもそも、ここに御殿を建てたのは宮さまが最初ですもの。それ以前の住人などいないのよ」

まあ、まあ、と小宰相は驚きの声を二連発させた。少々、声が大きかったのか、屛風のむこうで乳母がううんとうなった。

更衣と小宰相は息を詰め、ふたりともにじっとして様子をうかがった。乳母は結局、目を醒まさず、屛風のむこうからは寝息ばかりが聞こえてくる。更衣たちも安心し、ひそひそ話を再開させた。

「お若い時分の皇太后さまも、地下の抜け穴を使ってお忍びに出られたことがあるのですって。そして、何度目かの夜のお忍びの際――」

「何度も出かけられたのですか」

「そうらしいわね。そこで運悪く、不埒(ふらち)な乱暴者にからまれてしまったのですって。ところがそのとき、素敵な殿方が現れて、皇太后さまを救い出してくださったとか」

「まあ、まるで――十の姉上のよう」

「本当にねえ」

更衣と小宰相は共通の記憶を確かめ合い、にっこりと笑みを交わした。

「皇太后さまは入内間近で、結局、その殿方との恋物語は紡げなかったそうだけれど、いまでも忘れがたい素敵な思い出なのですって」

「そうなりますわよねえ」

甘美な想像を膨らませて、小宰相はため息をついた。

「だからね、地の底から聞こえたのは、きっと地下通路を渡る風の音なのよ。怖がることは何もないわ」

「それを聞いて安心しましたわ」

地下通路は北側にのみに開口していて、南側は水の流れこそあれ、それ以外はふさがれている。よって、風が通り抜けるとは考えにくい――とまでは、更衣も知らない。

「それにしても、皇太后さまも大胆ですこと。あの真面目な主上の御母上とは、とても思えませんわね」

「小宰相ったら。でも、本当にね」

更衣たちはそう言い合ったが、皇太后の冒険好きの血は、孫の東宮へと間違いなく受け継がれているのであった。

深夜の離宮を、宗孝と宣能は怪異を求めて探索していた。

噂話はもう十二分に収集できている。しかし、話だけでは〈ばけもの好む中将〉は満足できない。求めているのは真の怪だ。それなのに、

「――簀子縁、濡れているだけでしたね」

「いやいや、あれは、夫に殺された妻の霊から滴った貴重な水なのだとも」

「離宮の女房が角盥(つのだらい)の水でもうっかりこぼしたのではありませんか？」

眠気が高じてきたせいで、宗孝の対応もだんだん雑になっていた。宣能は不服そうに眉根を寄せ、

「このままだと何事もなく夜が明けてしまう――」

と、危機感を募らせる。それこそ宗孝の望むところだが、宣能はあきらめてくれない。

「そうだ。従弟どのを見失ったという、北東の対を見てこよう。北東といえば鬼門。何か怪異がひそんでいるかもしれない」

言うが早いか、宣能は北東の対を目指してずかずかと歩き出した。宗孝もあくびを嚙み殺しつつ続いたが、熱意の差が歩調にも出て、両者の距離は次第に開いていく。ふと気づくと、前を歩いていたはずの宣能が見えなくなっていた。

「あれ？　中将さま？」

ちょうど、普通の渡殿に進むか、簀子縁付きの広い渡殿を進むかの分岐点で、宗孝はどちらを選べばいいのか、迷ってしまった。いっそ、見失ったから仕方なくと言い訳し、自分だけ引き返してしまおうかとも考える。

「いや、さすがにそれは」

とりあえず、広い渡殿へと進んでみた。角を曲がると、廂の間に通じる妻戸が半開きになっているのが目に留まった。中将さまはこちらに行ったのかもと思い、宗孝は妻戸の中へと足を踏み入れる。

殿舎の中心、母屋は柱と御簾で隔てられている。宗孝が見渡せたのは母屋を囲む細長い形の廂の間だった。見た範囲では人影もない。ここではないのだなと簀子縁に戻りかけたそのとき、廂のずっと奥で何かが動いた。

女房装束の裾が、柱のむこうにさっと隠れたのだ。こんな夜ふけに、まだ起きている女房がいたらしい。宗孝はさっそく、そちらへと向かった。

「あの、こちらに中将さまは来て――」

おりませんか、と続けるつもりが、柱の角を曲がった途端に宗孝は固まってしまった。

廂の突き当たり、格子戸を背に女房が立っていた。それもふたり。同じ蘇芳色の女房装束をまとい、背丈も同じ。年の頃も同じ、十七、八歳くらいだ。そればかりか、顎を引き、上目遣いでこちらをじっとみつめている顔も、そっくり同じ造形だった。

（ふ、双子？）

夕餉のときに盃を運んできた新参女房のようだったが、あのときとは印象ががらりと違っていた。並び立ち、大きな目でこちらを凝視しているだけなのに、ひどく凶々しい気色を放っている。

ふたりは声をそろえて宗孝に呼びかけてきた。

「こちらへおいでませ」

「こちらへおいでませ」

声にははっきりと高低差があり、陰鬱な合唱のように聞こえた。

「ごいっしょに遊びましょう」

「ごいっしょに遊びましょう」

誘われている。やにさがってもいいはずなのに、不吉なものを感じて、宗孝は全身にぶわっと鳥肌を立てた。

彼は恐怖の悲鳴をあげ、双子に背を向け走り出した。ところが、妻戸から飛びこんできた宣能とぶつかって、はじき飛ばされてしまう。

「そうか、きみたちは双子姉妹だったのか」

宣能は宗孝に構わず、待望の大発見を成し遂げた学者のように嬉々として言った。

「双子の怨霊とは、なかなか凄まじいな。いいとも、遊ぼう遊ぼう。夜が明けるまで遊び続けようぞ！」

そのまま抱きつきかねない勢いで、双子女房に突進していく。この反応は怨霊側にとってても予想外だったらしい。一様にぎょっとした顔となり、彼女らはそろって逃げ出した。

「待ちなさい、きみたち」

宣能が双子に呼びかける。宗孝も叫んだ。

「中将さまこそ、お待ちくださいい！」

公務ばかりで遊ばないでいると、ひとは毀れてしまいかねないが、双子の怨霊と夜っぴいて遊んでも、何かが毀れるには違いない。中将さまをそんな危うい目に遭わせるわけにはいかないと、宗孝はおのが恐怖心に蓋をして宣能に続いた。

暗い対屋の中を双子女房が走る。宣能が彼女らを追い、さらに宗孝が三人をまとめて追う。

進行方向に塗籠の壁が立ちふさがっていた。逃げ惑う双子は急には立ち止まることもできず、悲鳴をあげつつ壁にぶつかっていく。

次の瞬間、壁がくるりと反転した。

双子の姿が宗孝たちの視界から消える。そのすぐあとに、壁のむこうからまた悲鳴の二重奏と、何かが落下するような音とが聞こえてきた。

「おお、すごいな」

宣能は感動しながら壁に体当たりしていった。今度も、壁がくるりと動いた。宗孝もなかば自棄になって、宣能とともに壁のむこうへと進む。

彼らが投げ出された先は、塗籠の中だった。双子女房の姿はなく、代わりに床にぽっかりと四角い穴があいている。

覚悟して壁のむこう側に飛びこんだ宗孝たちは、咄嗟に足を止められたおかげで床穴には落ちずに済んだ。双子女房はそうもいかず、二度目の悲鳴をあげながら穴に落下していったのだろう。

宗孝が穴のふちから下を覗くと、真っ暗な中、走り去る足音と流れる水音が聞こえてきた。

「怨霊が穴に落ちた——りはしませんよね？」

宗孝が言うと、宣能は渋い顔をしてうーんとうなった。

双子女房が怨霊であってほしい。しかし、逃げるわ落ちるわの有様を見て、怨霊説が揺らいできたらしい。

「万が一ということもある。それでも宣能は、確かめに行くとしよう」

そう言うや、穴の中へと身を投じる。

「ちゅ、中将さま！　大事ありませんか！」

宗孝があわてて呼びかけると、すぐに穴の奥から返事が返ってきた。

「ああ。それほど深くはないとも。平屋の天井ほどの高さかな」

「もう……、無理はなさらないでくださいよ」

「無理ではないよ。双子も落ちてすぐに逃走を再開したのだから、大した深さではないと見当はついたし」

「にしてもですね……」

言いかけて、やめた。宗孝はやれやれとため息をつきながら塗籠内を見廻し、梯子をみつけ、それを使って穴へと降りた。

降りた先は、宗孝と宣能が並ぶと肩が当たりそうな幅の、細長い通路だった。

「抜け穴……なのですか？」

「というか、地中に埋めた導水管の上が空いている感じだねえ」

宣能は踵（かかと）を踏み鳴らし、足もとの堅さを確かめた。宗孝もそれに倣（なら）う。焼き物の上に立っているようで、少々心許（こころもと）ない感じがした。

宣能がぶつぶつと独り言ちる。

「そういえば、川から水を引いていると聞いていたのに、南庭に遣水（やりみず）がなかったな。泉殿（いずみどの）もなかったし」

寝殿造の庭には池が付きもので、普通は遣水と称される小川を通して池に水を引く。敷地内に湧く泉から水源を求める場合もあり、その際には泉の近くに泉殿を建てて納涼の場ともしていた。

「遣水を設けず、川の水を引いた導水管を地下に通し、わざわざ、その上を歩いて通れるようにした。そこへ降りる道すじにも、どんでん返しの壁や床穴などの仕掛けを施した。なんのために？」

「なんのためなのでしょう。わかりませんけれど、もしかしたら離宮に伝わる噂の数々に関連があるのかもしれません。忽然と消える人影などは、壁の仕掛けを使った偽装とも考えられますし」

宣能がまた渋い顔をして、うーんとうなった。またもや真の怪ではなく、贋（にせ）の怪である可能性が濃厚になってきたのだ。〈ばけもの好む中将〉にしてみれば内心忸怩（じくじ）たるものがあったろう。

「どうしましょう？」宗孝が訊くと、

「追おう。ここで双子に逃げられてはもったいなさすぎる。もはや、あれが怨霊だとは思わないが、なぜ、あんなまぎらわしい真似をしたのか聞き出さねばな」

宣能はそう告げ、通路の奥へと進み出した。

「なぜだ……」

暗闇の中、のばした指先が堅い土に阻まれて行き止まる。この先には、もう道がない。

真っ暗な地下通路を手探りで進んできた春若は、道が完全にふさがれているのを知り、無念さに歯噛みした。

「なぜ行き止まりなのだ。水は南庭に向かっているはずなのに」

水は彼の足の下、導水管の中を確かに流れている。ただ、導水管の上に空間があるのはそこまでで、その先の導水管は完全に土中に埋もれていた。真白が待つ南庭に地下通路は開口していなかったのだ。通じていると信じて進んだのに、完全に無駄足だった。

失意のうめきをあげて、春若はその場にずるずると沈みこんだ。重たい疲労をいまさらのように実感し、動く気力もなくなる。

「真白……」

愛しいひとの名をつぶやき、涙に頬を濡らした。本当になんと障害の多い恋であろうかと、みじめさに打ち震える。つらい現実から逃避しようとしてか、意識が遠のいていく。だが、彼が完全に気を失ってしまう前に――

塗籠の方角から、きゃあきゃあとわめき散らす女人の声が聞こえてきた。それもふたり分、足音も明らかにふたり分だ。

春若はぎょっとして目を瞠った。

(ふたりの女人――もしや、同じ顔をした、あの女房どもか!)

真っ暗闇で何も見えはしない。しかし、視覚に頼らず春若は正解を引き当て、恐怖のあまり絶叫した。絶叫しながら破れかぶれになった。自棄っぱちの活力が、たちまち四肢にみなぎった。

春若は立ちあがるや否や、迫り来る女房たちに向かって猛然と走り出した。ほとばしる絶叫も、ふたり分ある彼女らのそれに負けていない。

女房たちの悲鳴に変化が生じた。行く手の暗闇から、何者かが叫びながら走りこんできていることに気づいたのだ。彼女らが受けた衝撃も、相当なものがあったに違いない。女房たちはただちに踵を返し、もと来たほうへと泣き喚(わめ)きつつ引き返した。それでも、春若は止まらなかった。止められなかった。

地中に半分埋まった導水管の真上を、宗孝と宣能は双子女房を追って進んでいた。周囲は真の暗闇で塗り潰されていたが、一本道なので迷うこともない。進むうちに行く手から女房たちの悲鳴が聞こえてきたから、なおさらだった。

「追いつけそうですね」

「ああ、そうだな」

ふたりがそう言っている間にも、双子女房の悲鳴が大きくなってきた。明らかに、彼女たちのほうから、こちらへと接近してきているのだ。

しかも女人の悲鳴だけではない。第三の怒号——男なのか女なのか、子供のようにも感じられる謎の雄叫び（おたけび）が入り混じっている。狭い通路に反響して、さながら地獄からの轟（とどろ）きのようだ。

理解不能ながら、本能的に危機を察して宗孝は叫んだ。

「戻りましょう、中将さま！」

宣能も身の危険を感じてか、ただちに通路を引き返す。ふたりは塗籠の真下を目指して走った。彼らの背後から、双子女房と謎の存在も迫ってくる。

あれらに追いつかれる前に塗籠に戻らねばと、必死に走る宗孝たちの足もとで、導水管がぴきっ、と厭な音を立てた。

不吉な予感が、不幸に敏感な宗孝の背すじを凍らせる。予感を裏付けるように、ぴきぴきぴきと音が高くなっていく。

「中将さま！」

警告しようとしたが遅かった。宗孝と宣能、双子女房ともう一名の計五名が真上で走る衝撃に耐えかね、導水管の上部がとうとう毀れた。足もとが崩れて、宗孝と宣能は導水管内を流れる水へと落下していく。

双子女房たちも無事では済まされなかった。導水管の崩壊は彼女たちのもとにまで及び、双子ともうひとりが水流に落ちていく。

水は彼ら五人を巻きこんで、南に向かって流れていった。


膝を抱えて居眠りをしていた真白は、頭が大きく揺れた拍子にハッと目を醒ました。

自分がいまどこにいるか、すぐには思い出せずにぼうっとなる。彼女がすわりこんでいたのは、南庭の池のほとり、前栽の陰だった。

南庭から宗孝と宣能が繁成たちとともに移動したあと、彼らとは入れ違いに、真白は池のほとりを訪れた。そこで春若を待って待ちくたびれ、いつしか眠りこけていたのだ。

「まだ来ていないわよね……」

大きなあくびをして、立てた膝の上に顎を載せる。たちまち、両のまぶたが降り始める。自分が寝ている間に春若がここに来て、気づかずに帰った可能性も考えないではなかったが、もう局に戻るのも億劫(おっくう)なほど眠かった。

「来たら、きっと起こしてくれるわよ……」

そうつぶやいて、また寝入ろうとする。が、奇妙な振動を感じて、真白は目をあけた。

腰を下ろした地面を通じて、ずずずず……と微かなうねりのようなものが伝わってきたのだ。

「地震？」

しつこかった眠気も吹き飛び、真白はさっと立ちあがった。寝殿や対屋を見ても、軒先の釣燈籠は揺れていない。振り返って池を見渡すと、星の光を映した水面が細かく波立っていた。ぽこっ、ぽこっと小さな水泡まで生じている。

「えっ？　何？」

怖くて詳しく聞けなかったが、〈夏の離宮〉には昔から不思議な現象が起きるという。もしや、池から何か――奇妙奇天烈な水棲(すいせい)怪物でも出現しようとしているのか。

息を呑む真白の眼前で、うつぶせになった童がぷかりと浮いてきた。波紋の中心では、角髪に結った髪がゆらゆらと水になびいている。うつぶせでも、狩衣の色合いと角髪で、それが誰だかすぐにわかった。

「春若君！」

なぜ、春若が水中から浮いてきたのか。理屈を考えるより先に、真白は袿を脱ぎ捨て池に入った。

水位は彼女の胸もとまでしかなかった。水底がぬかるんで歩きにくいが、真白は水を掻(か)き分け、春若のそばまでなんとか進んだ。狩衣の後ろ衿をつかんで引き寄せ、顔を水から上げさせる。童の目は死んだように閉ざされている。

「春若君、しっかりして」

呼びかけると、春若の口が少しだけ開き、ううとうめき声が洩れた。生きていると知り、ホッとしたのもつかの間、真白たちのすぐ近くで、ぼこっ、ぼこっと不気味な水泡があがった。

続けて、もっと不気味なもの、蘇芳色の女房装束をまとった女がふたり浮かんでくる。彼女らもうつぶせで、長い黒髪が水面にたゆたうさまは、水死体にしか見えない。

驚愕する真白の目の前で、二体の水死体は、ほぼ同時に身を起こした。

ざばあっと大きく水音が立つ。露わになった女たちの顔は、まったく見分けがつかないほどそっくりだった。

割れた導水管の中に落ちた宗孝は、予想外に速い水流に揉まれ、ひたすら流されていった。

溺死の恐怖に気を失いかけたが、その前に水流の勢いが変化し、広いところへ投げ出されたような感覚に見舞われた。

(もしかして管から出られた――?)

咄嗟に体勢を立て直すと、思っていたよりも近いところで足裏が底に触れた。顔が水面から出て、肺へと一気に空気が入ってくる。はあはあと息を荒らげて瞠った目に、満天の星が映りこむ。

（ここは――）

南庭の池の中に宗孝は立っていた。立烏帽子（たてえぼし）がふたつ、すぐそばであがったかと思いきや、遅れて水しぶきがあがり、宣能が水面から勢いよく顔をあげる。

導水管に落ちたときは生きた心地もなかったが、宗孝も宣能も無事に池まで流れ着いたのだ。

烏帽子着用は平安貴族の嗜み。しかし、それをかぶり直している暇はなかった。きゃあと悲鳴があがったほうを見ると、なぜか春若とともに真白が池の中に立っていた。彼女の視線は、池から岸へと急ぐふたりの女房に向けられていた。背格好がほぼ同じの、蘇芳色の装束をまとった彼女らは、後ろ姿だけでもあの双子女房だと断言できた。

「こら、双子たち！」

宣能が一喝すると、双子女房はひいと声をあげて足を速め、次々に岸にあがって逃げ出していく。

逃すものかと、宣能も濡れた烏帽子を握って追いかけた。宗孝も自分の烏帽子を手に、岸へと向かう。

「む、宗孝……」

真白が何か言いたげだったが、耳を貸している暇はなかった。

「すみません、あとで！」

宗孝は姉にそう告げ、宣能とともに双子を追うほうを優先させた。

双子は南庭を北に走り抜け、寝殿の横を通っていく。宗孝たちは彼女らを追跡し続け、北東の対の近くにきたところで、あと少しと迫った。双子ももう走り疲れたらしく、ふらふらしている。

そんな彼女たちの前に、瑠璃色の装束をまとった女房が、ひらりと現れた。

「観念しなさい、あなたたち」

双子の行く手をさえぎり、凜と言い放ったのは十郎太だった。

「あなたたちが盗み目的で離宮に入りこんだのは、もうわかっているのよ」

双子女房が明らかに動揺を見せた。十郎太がさらに言う。

「衣裳や小物が見当たらないとの訴えが複数あがっていて、これはと思っていたの。しかも、盃の数をわざと増やしたり、簀子縁を濡らしたりと、怪異譚に便乗して場を混乱させている。盗みやすい状況を作り出しているよね。なかなか面白いことをするじゃない、双子たち」

不特定多数が集まった場に関係者のふりをして入りこみ、盗みを働く。いわゆる香典泥棒の類いであったのだ。

真相を言い当てられ、双子女房は互いの手を取り合ってすくみあがった。片方は涙目になり、もう片方は歯をかちかちと鳴らしている。それでも、

「け、検非違使に突き出すつもりか」

と、ふたりは喧嘩腰で怒鳴った。検非違使とは平安時代の警察機構だ。

宗孝も宣能も、双子が抵抗するのであれば取り押さえようと身構える。しかし、十郎太はまっさらな笑顔を見せて、

「面白すぎて、検非違使に突き出すのはもったいないわ」

驚く双子を間に挟み、「では、どうするのかな」と十郎太に問うたのは宣能だった。明らかに、むっとしている。双子女房が怨霊ではなく盗賊だったと確定したせいか、機嫌が悪い。

「そうですわね。わたしがいったん預かる形で、それから皇太后さまにお願いして、本当に離宮の女房にしていただきましょうか」

宗孝が驚いて「そ、そんなことが？」と訊き返すと、十郎太は自信ありげに応えた。

「ええ。あのかたは懐の深い御かたですもの。そして、これだけの盗みの才覚があれば、普通の女房ではできないような仕事も任せられそうだわ」

宗孝以上に驚いて、双子はその場にへなへなと崩れ落ちた。片方は泣きじゃくり、片

方は呆然としている。ふたりが落ち着くのを待って、十郎太が訊いた。

「それで、どちらがどちら？　見分ける方法を教えて」

すっかりおとなしくなった双子が、それぞれに言った。

「高い声で明るくしゃべるのが、わたし、朝顔(あさがお)です」

「低い声で静かに語るのが、わたくし、夕顔(ゆうがお)です」

言われてみれば、同じ顔であっても、ほがらかな感じ、すました感じと、姉妹で微妙に差異がある。宴席にひとつ多く盃を運んで怖がらせてくれたのは朝顔のほうだろうなと、宗孝にもおおよその見当がついた。

「教えてくれてありがとう。では、あなたたち、まずは濡れた衣服を着替えていらっしゃいな」

はいと意外なほど従順に頭を下げ、双子はその場を離れた。もはや逃げ隠れするような様子は微塵もない。さんざんな目に遭って、毒気がすっかり抜けてしまったようだ。

十郎太は宣能と宗孝にも「おふたりも着替えられません？」と勧めてきた。

ああ、と宣能が短く応える。宗孝も彼といっしょに、ひと気のない北東の対屋に行って、濡れた装束を着替えさせてもらった。

「――ところで十の君にうかがいたいのだが」

こざっぱりとした直衣(のうし)に着替えた宣能が、淡々とした口調で十郎太に言った。

「地下の通路、あれはなんだろうか。充分さんざんな目に遭ったのだから、いい加減、〈夏の離宮〉の仕組みを教えてもらえないだろうかね」

「そうですね。あれを見られたからには仕方ありませんわね」

宣能の不機嫌そうな様子に、これ以上はぐらかすのは無理だと察したのだろう。十郎太は〈夏の離宮〉に施された仕掛けと、それを若き日の皇太后が利用していたことを、ようやく語ってくれた。

「あの皇太后さまが……」

話を聞いた宗孝はあきれて大口をあけた。宣能も眉根を寄せ、

「あの孫にして、あの祖母ありだな」などと不敬な言をこぼす。

十郎太は終始、笑みを絶やさなかった。さらに、とっておきの秘密まで披露する。

「忍び歩きの際、不埒者にからまれた皇太后さまをお救いしたのは誰だと思います？わたしの祖父だったのですよ」

「十の姉上の？」

ええ、と十郎太がうなずく。宗孝の脳裏には、以前、八重藤の邸で見かけた老人の姿がよぎった。きっと、皇太后と出逢ったときの彼は、若々しく頼りになる好男子だったのだろうと容易に想像できた。それこそ、颯爽と現れる十郎太に似ていたに違いない。

「そのときの御縁で、母が一時期、皇太后さまのもとで仕えたりもして。わたしも子供

のときに、皇太后さまにお逢いしましたわ。いま、こうしているのも、そこからの繋がりですわね」

「でしたら、いっそ普通に女房勤めをしていれば――」

宗孝が言いかけると、十郎太は困ったように目をそらした。そんな顔をされると、深追いがまたできなくなってしまう。

宣能に至っては、皇太后の件はもうどうでもいいらしく、

「なるほど、血塗られた過去の事件からして、すべては作り事か……」

残念そうに言って、ため息をついた。宗孝は逆に、殺された妻子はいなかったのだから、めでたしめでたしだと安堵する。

双子女房も十の姉に任せて問題ないだろうと信じられた。もはや何も案じずともよいと満足していいはずなのに、

（あれ？　何か忘れている？）

思ったと同時に、池の中に立っていた真白と春若の姿が、宗孝の脳裏に浮かんだ。

「あっ、忘れていた」

「春若君、春若君、しっかりして」

真白の声が聞こえる。ぺちぺちと、濡れた頰を叩く音も聞こえる。

叩かれているのは自分の頰だとやっと自覚して、春若は目を開いた。

「真白……？」

間近から覗きこんでいる真白の顔に目の焦点を合わせ、弱々しくつぶやく。たちまち、相手の顔に安堵の色が差した。

「そうよ。待っていたのよ、遅いわよ。それに何よ、あの現れかた。まさか池から出てくるなんて、夢にも思わなかったわよ」

矢継ぎ早に言の葉を浴びせられつつ、春若は横目で周囲をうかがった。そこは南庭の池のほとりだった。怪異譚で聞いた姉妹の怨霊に追われて追って、水流に落ち、それでも、どうにかこうにか南庭にたどり着けたのだなと、いちおうの理解はできた。ぷかりと水に浮かんだ彼を、真白が半泣きになりながら岸に運んだとまでは思わなかったが。

その次に春若の頭に浮かんだのは、雅平の自信ありげな濃い顔だった。

途端に、春若はがばりと身を起こし、真白の額に額がくっつきそうなほどの距離で問い質した。

「真白、宰相の中将とは――」

「宰相の中将とはどういう関係なのだ!」

あわてて南庭の池に向かっていた宗孝は、春若の切迫した声を聞いて足を止めた。なぜか、いっしょについてきていた宣能も、宗孝の真横で立ち止まる。

春若のただならぬ語気もさることながら、言っている内容も内容だった。問われた真白も明らかに困惑している。宗孝はなおさら、真白たちに近づけなくなってしまった。

春若も真白も、宗孝たちが近くに来たことに一切気づいていない。

「誰よ、それ。知らないわよ。どうでもいいわよ、そんなこと」

「ど、どうでもいい。やつはどうでもいいのか、本当にそうなのか」

「当たり前じゃない。あなたのことのほうが心配よ」

「わたしのことだけが心配――」

微妙に修正が入っていたが、春若が自覚している気配はなかった。そればかりか、とんでもないことを言い出す。

「では、わたしもここに誓おう。わたしの恋人は、わたしの妻は未来永劫、真白ひとりだと」

宗孝は息を呑んだ。

(――言った。言ってしまった)

東宮が、未来の帝が妻はひとりだと宣言したのだ。弘徽殿の女御や右大臣を、否、彼らだけではなく、娘を入内させたいと望む多くの貴族たちを敵に廻したも同然だった。

啞然とする宗孝の視界の隅で、隣にいた宣能がぐっと拳を握りしめた。妹の許嫁が違う異性に貞節を誓ったことへの怒りによるものだと宗孝は思い、あわてふためいた。なんとか取り成さなくてはと言葉を探したが――宣能の横顔を見た瞬間、宗孝は硬直した。

宣能の口角が上がっていた。だが、それは幼い恋を祝福する笑顔ではなかった。してやったりと、ほくそ笑んでいる顔だったのだ。

宣能の心を量りかねて立ちすくむ宗孝の耳に、真白たちの無邪気な会話が届く。

「馬鹿ね。いまからそんなことを言っていたら後悔するわよ」

「いや、しない。絶対に」

真白が笑った。嬉しそうに。くすぐったそうに。春若の宣言が真に意味するものも知らずに。

すうっと、宣能が池に背を向けて歩き出した。宗孝も真白たちに気づかれぬよう、宣能について静かにその場を離れた。内心は、ひどく混乱したままで。

宣能の真意が見えず、彼に尋ねていいかどうかも決めかね、ただ黙って歩いていると、

「飲もうか？」

と宣能に誘われた。否と言えるはずもなかった。

西の対へ行って、酔い潰れている殿上人たちの間を縫い、酒と肴をかき集めた。池に張り出した釣殿にそれを運び、宣能と穏やかに酒を酌み交わした。

ほとんど話はできなかった。盃を重ねていくうちに疲れも出て、宗孝はいつの間にか眠ってしまったのだ。

ハッと気づくと、空の色合いがすでに変わり始めていた。東の山の際(きわ)が特に淡い。夜明けが近づいているのだ。

宣能は釣殿から身を乗り出して、誰かと話している。その話し声で自分は目を醒ましたのだなと、宗孝は悟った。

宣能の話し相手は雅平だった。あれほど張り切っていた彼が、見るからに憔悴(しょうすい)しきっている。

(ひょっとして、ひと晩中、十の姉上を捜していた……?)

宗孝の予想通りだったらしく、雅平は宣能相手に切々と恋の苦しさを訴えていた。

「追っても追っても追いつかない。いったい、かの君は本当にここにいたのだろうか。そんな情けない心地にさえなってくるよ」

「そうだね。そんな女房はここにいなかったのかもしれないね」

「そう思うか」

「ああ。きっと、雅平は狐(きつね)か狸(たぬき)に化かされたのだよ」

「狐か狸……」

天啓に打たれたかのごとく、雅平は目を瞠った。眼球がこぼれ落ちそうなほどだった。

「なるほど、そうか。そもそも、十郎太自体が狐狸の類いであったか」

「うん。そうなのじゃないかな。でなければ、あの宰相の中将がこうまで振り廻されるはずがない」

「そ、そうだな」

「雅平も何かがおかしいと、どこかでずっと感じていたのじゃないのかい？」

「あ、ああ……」

ここぞとばかりに宣能が言いくるめる。強引ではあったが、雅平もそれらしい理由付けを欲していたのだろう。狐狸説に飛びつき、宮廷一の色男の自信をたちまち取り戻して、長すぎる睫毛を憂いに存分に震わせる。

「何もかもが夢まぼろしだったか……」

「そうとも。一期は夢よ、南無三宝」

ひとの一生は夢に過ぎない、と宣能は典雅に謡った。

「だからこそ楽しまなくては。ねえ、右兵衛佐」

こちらを振り返り、にっこりと微笑みかけてくる。そこには、昨夜の凄みも邪気もない。ふられてもふられても女人ではなく怪異を追い求める、宗孝の知っている〈ばけもの好む中将〉だ。

そうか、あれも夢だったのか——と宗孝は納得し、心の底から安堵した。

「ええ、そうですね、中将さま」

うなずいた拍子に頭がずきんと痛んだ。二日酔いだ。あたたとつぶやいて頭を押さえる宗孝を見て、宣能が屈託なく笑った。

雅平が釣殿に上がりこんできて、盃を手に取った。

「迎え酒だ。恋の痛手を慰めるには、これしかあるまい。いや、もちろん、いちばん効くのは新しい恋なのだが」

懲りない発言をして、自分でなみなみと酌をする。刻々と明るくなっていく空を映して、酒の面（おもて）がきらきらと輝く。

池の奥から、ぽんとはじける音がした。朝を迎えて、白い蓮が花開かせた音だった。

本文デザイン／百足屋ユウコ＋ほりこしあおい
（ムシカゴグラフィクス）

この作品は、集英社文庫のために書き下ろされました。

オレンジ文庫

瀬川貴次の本

怪奇編集部『トワイライト』

シリーズ

怪奇編集部『トワイライト』

実家が神社で霊感体質の駿が大学の先輩から紹介されたバイト先は、UMAや都市伝説を紹介するオカルト雑誌編集部の雑用だった。勢いで働きはじめたものの、妙な事件に次々巻き込まれて……。

怪奇編集部『トワイライト』2

読者からの投稿でさまざまな心霊現象を体験したという旅館の情報が届いた。駿を含む編集部一同は取材も兼ねて社員旅行でその旅館を訪れることになるが、そこで待ち受けていたものとは……。

怪奇編集部『トワイライト』3

写真に写りこむ二メートル超の黒い人影の正体、UFOが目撃された地でなぜか降霊会開催？　帰省した駿の実家で起きた夏の事件など、最後まで怖そうで怖くないまったりゆるホラー完結編！

好評発売中

【電子書籍版も配信中　詳しくはこちら→http://ebooks.shueisha.co.jp/orange/】

集英社文庫

ばけもの好む中将 九 真夏の夜の夢まぼろし

2020年 5 月25日　第 1 刷　　定価はカバーに表示してあります。

著　者　瀬川貴次

発行者　徳永　真

発行所　株式会社 集英社

東京都千代田区一ツ橋2-5-10　〒101-8050

電話　【編集部】03-3230-6095

【読者係】03-3230-6080

【販売部】03-3230-6393（書店専用）

印　刷　株式会社 廣済堂

製　本　株式会社 廣済堂

フォーマットデザイン　アリヤマデザインストア　　マークデザイン　居山浩二

ISBN978-4-08-744117-8 C0193